小説　ハガーニャの風

ハル・ニケイドロフ著

柘植書房新社

小説ハガーニャの風◆目次

プロローグ

オーシャンフロント・アパートメントはハガーニャ湾に面している。湾の外縁はサンゴ礁に囲まれフィリッピン海からの潮はこれに遮られ白波を立てる。少々荒々しい。逆にその内側は静かな潟湖の様を見せとても穏やかである。ビーチに植生したココナッツの葉は湾からの風にそよぎ朝の目覚めを告げ、夕の慰めを醸してくれる。湾に望んで右手にはホテル・サンタフェ、左手にはビーチバー・ジミー・ディー、カクテル片手に海に沈みこむ夕日が見たければどちらかへ渚をつたって歩いて出かければいい。もっともこのアパートメントの住民にとってはそれも面倒なことだ。その日の日没時間を調べておき、その10分前に屋外に付設されたパティオに出てグラス片手に椅子に腰かけ、日没ショータイムの瞬間を待てばいい。

水平線の向こうに沈む夕日の落下速度は早い。目を閉じ、30秒の後、目を開けると夕日の位置が落ちていることを実感する。その夕日が水平線の上に半分、下に半分の状態になったら、絶対に目をそらしてはならない。一瞬にして夕日が海に沈みこんでしまう。

米国本土の伝統的な資本主義はどうやらこのグアム島にはマイルドな形で伝わったのかもしれない。原始的な共同体意識が残っている。さすがに毎夜とは言えないが、週末の夕方のパティオには必ず氷を詰めたクーラーボックスが置かれ、ミラーライトの缶がその中で冷やされている。その場に顔を出せば「よう、一本空けていけよ」の声がかかる。但し、一つの厳格なルールがあり、「バドワイザーがいいんだが」とか「ハイネケンはない？」のごとき嫌味な質問は間違っても返してはならない。週末にクーラーボックスを運んでくれるその住民はミラーの故郷、ウイスコンシン州ミルウオーキーの出身なのだ。彼のノスタルジアを傷つけることはできない。

運がいい週末は住民の誰かが主催する慈善にあふれたBBQに遭遇できる;「どっちにする、チキンにするかい？ポークのスペア—リブがいいかな？」

更に運がよければ、サラダがあり、マカロニ・チーズ、チリが用意され、デザートまでもついている。時にはスシ・カリフォルニア巻でさえ添えられることもあるが、スシは、たいてい一番先に品切れとなる。『アメリカンはアメリカン料理を好まない』の逆説的で社会学的な真理はこのグアム島でも生きている。

ミラーライトの慈善者ことハイスクール教師のミルウオーキー男はグルメの面でも多大な貢献をしてくれた。彼が、近くのバー「ワイルド・キャット」のバー・ガールと交際している頃は住民のグルメ志向は一段と高いものになった。タイ出身の彼女の運んでくれる料理はエキゾチックで刺激的であった。タイ名産の香米ことジャスミン・ライス、それにココナッツ・ミルクの甘い香りを漂わせたチキン入りのグリーンカレーの組み合わせには住民全員がノックアウトされた。しかしながらオーシャンフロント・アパートメントの悲しくも呪われた伝説のとおり、料理上手な恋人というものは結局長続きしないものである。彼女が去った後、住民は大いに落胆し、焦げたチキンとスペアーリブに戻らざるを得なかった。この彼女は、後で述べるが、アパートに生息する小動物が嫌いだったのだ。

グリーンカレーにあおられたせいであろう。海軍スクールでこれまた教師をしているオレゴンの男はタイの香草ベイジルの香りに魅せられ、園芸用のポットでその栽培を始めた。残念ながらその香りはいまだに彼の料理に使われてはいない。彼は毎日その香草をハサミでこまめに剪定しているのみである。こうなるともう盆栽である。「いつかはグリーンカレーを作るんだ」という彼の夢はまだ実現されていない。彼はただ、刈込みと散水に専念し、香草育成の陶酔にしたっているのみである。

このアパートメントは散在した4個の棟で構成されている。各棟は二階建てのコンクリート造りで、たった一つある2寝室のユニットを除けば、全て40平方米程度の1寝室のアパートメントだ。寝室とバスルームの一部屋、それとリビングスペースとキッチンの一部屋で構成されるコンパクトで効率のいい間取りのユニットである。中級ホテルのすこし狭いスイートルーム、あるいは渚のコテッジと呼べばロマンも湧いてくるだろう。しかしながら70年代初期の建物であって、しかもグアム名物のタイフーンに耐えた歴史の傷跡であろうか、豪雨時には天井からの水滴で思わぬ冷却効果を得ることができる。住民は慣れたもので決して豪華な家具やカーペットは購入していない。たいていは蚤の市から見つけてきた家具である。

オーシャン・フロント・アパートメントはまた小動物の訪問者で賑わっている。蟻、コックローチ、蝿は常連ではあるが、決してキュートな訪問者ではない。もっとも愛くるしいのはローカルがゲッコウと呼ぶ緑色のヤモリであり、彼は時としてキッチンのカウンターに置かれたシリアルの箱に侵入し、食べすぎたのであろうか、そのまま乾燥し、ミイラとなり、朝食時にはミルクをかけられる。しかしながらミルクで蘇生することはない。

時には闘争的な侵入者もいる。

排水溝をねぐらにしている名前の知らない蟹がそうだ。日中、換気の為に開けておいたドアから侵入し、そのままベッドの下で休息し、深夜の暗がりの中、部屋を散策する。トイレに立った居住者と遭遇したらこの蟹はその大きな爪を振りかざして果敢に居住者の足もとに敵意を向ける。

先述のタイ女性がミルウオーキー男の寝床で悲鳴を上げたのもこの蟹のせいであった。不幸なことに彼と彼女は床に敷いたマットレスを使用していた。彼は腰痛のせいでベッドのスプリングが嫌いであった。その夜、寝ていたタイ女性の右足の指先がその蟹の愛撫でうずいた。官能的で微細な振動の愛撫であった。「スティーヴ、とてもいいわ!」と彼女は呻いた。が、スティーブはその声に反応することもなく、安らかな寝息を立てたままであった。彼女はその愛撫にしばし身を任せ、やがてトイレに立ち、その闘争的な爪に遭遇することになる。朝スティーブが目覚めた時、彼女はもう部屋にいなかった。彼女は永遠に消えたのであった。

住民の多くは男性の独身者であり、時としてガールフレンドの訪問と滞在を得るが、その関係は長続きしない。彼女達は例外なく、ハガーニャ湾のビーチフロントに魅せられるが、コテッジへの訪問者である小動物への愛着は持てない。これはまた、つきるところスペースの問題なのだが、いかんせんコンパクトな部屋では、毎夜の愛のひと時もやがてパッションからジョブに移り、ジョブはデューティーとなる。そして終末が訪れる。40平方米という狭い空間は「倦怠」という男女にとって避けられない性(さが)をより早く促進してしまうのであった。

渚のコテッジと言ったが、別棟に家族用の平屋が一つ建っている。ここには民間航空会社のパイロット一家が住んでいる。年に一度の感謝祭の夕べはここの主婦の手をかけたオール・アメリカンの伝統的な感謝祭料理に住民が招待される習わしだ。彼らは常夏の島であってもターキー、茹でてつぶしたスイートポテト、そしてパンプキン・パイを味わうのである。アメリカ文化はしぶとくもその遠隔地で生きている。この島は間違いなく米国領だ。

感謝祭が終わり、しばらくすれば遠い日本の積雪情報も伝わる。この善意ある主婦は二人の子供を連れて北海道キロロのスキーリゾートに出かけるのである。「ホッカイドー・クラブを食べるんだ、とても大きいよ」などと、子供達は無邪気にも完璧なグルメの舌をもっている。このクラブとは、既に高級品と化した大型のタラバ蟹のことである。ハコダテの朝市の水槽で生きているその蟹は単価が100ドルを下回らないであろう。キロロリゾートのレストランで食される時の値段は想像できない。その蟹と北海ネタの寿司を食べ、英語で「アンセン」と呼ぶところの、つまりは、「温泉」につかり、グアムの塩気と湿気で堆積した有機物を皮膚から完璧に落とし、白い肌をつやつやにして彼女と二人の子供達は２週間のスキー旅行から帰るのである。美容生化学的に言えば、温泉の漂白効果はホワイトの女性にもっとも効果的に表れてくる。

経費削減の為、月の飛行回数の制限を受けるパイロットの主人に比して、家族パスを使った主婦と子供達の遊びの為のフライト時間は制限を受けることはない。これもまたパイロット一家の宿命であろうか。勿論、蟹、寿司、スキー、一切の経費はパイロットのクレジット・カードにチャージされる。パイロットは過酷で、責任感に溢れ、そして家族経費のかかる職業である。彼女がキロロの「アンセン」土産話を興奮して語るとき、彼はとても寂しげである。

グアムのGDPは単純な構成である。観光が6割、軍と政府で3割をなしている。住民も何らかの形でこの手の職業に関わっている。住民を眺めてみると、パイロット、スチュワーデスの観光産業系、教師と現役兵士、政府機関のコントラクター等の政府予算系、それに薬剤師、看護婦のヘルスケアー産業系が加わる。これに少数のリタイヤー組が住み、全体としてこのオーシャンフロント・アパートメントは知的なコミュニティーをなしている。

例外はある。どうも一つのユニットだけは、なにかしら特殊な観光業法人と契約しているらしく、その住民は現役ストリッパー嬢なのである。その職業の常として薬液注入の豊胸と、薬物依存の行動を誇っている。その気分がハイな時、ビーチはマイクロ・ビキニを着けた彼女のエキゾチック・ダンスの練習場となる。しかし彼女がここの善良な住民から積極的に声を掛けられることはない。無視されている。彼女も自分の職業の悲哀を理解しており、日中は孤独な殻に篭り、出かけるのは夜のみである。仕事の時間帯がそうなのであろう。その意味では、このコミュニティーはわずかながらも排他的な冷酷さをもっている。

このオーシャンフロント・アパートメントのオーナーを紹介しておこう。彼女は住民から「マダム・ドラゴン」と呼ばれている。やはりこのアパートメントの敷地に居を構え、紅色にペイントされたその玄関のドアをノックするには、小さな池に架かった朱色の太鼓橋を渡る仕掛けになっている。もっともその橋は数歩で渡れるほどの長さである。噂ではその池に鯉を数匹飼ってはいたのだが、鯉がグアムの気候に適合すことはなかった。

彩色好みとミニ庭園好みから想像できるように彼女は台湾系チャイニーズであり、この島のチャイニーズ・コミュニティーで占める重さは比類ない。いずれ本書に彼女が登場する機会があるので詳細はその時語ろう。が、これから始まる物語の主役ではない。ひとつ覚えてもらいたいことがある；彼女の玄関には直角定規とコンパスが組み合わされた紋章が掲げられている事、つまりフリーメーソンの会員を誇示している事。

オーシャンフロント・アパートメント、そこはフレンドリーで、あるレベルの知的水準をもち、ビールとBBQと夕日を愛する人達が住むグアムの隠れた高級アパートメントなのだ。俗な話になるが、「ちょっと塩を貸してくれないか？」と隣のドアをノックすることもあり、「コメを買い忘れたけど、いくらかあるかな？」といった互助の精神も生きている。

つい最近になって年金生活者となったケニー・カサオカがたどり着いたのがこのコミュニティーであった。60歳をいくつか超えた小柄で、スキニーで、髪はとっくに白くなってしまったこの男が中古のトヨタ・エコに乗り、ここに現れた。スーツケース一つとゴルフバッグ、ラップトップPC、それにギターの一本が彼の持ち物の全てであった。いかにも明日のない流れ者、欲のない引退者、の風情であった。しかしながら、生活のセットアップはまことに効率的であった。

「ハイ、俺の名前はケニー、これからここの４号室に住むことになったが、どこか私設の私書箱をしらないかい？グアムでは郵便を受けるのに私書箱が必要だって聞いてポストオフィスにいったけど、今は空きが無いと言われ困っているところなんだ」と彼は住民の一人を見つけ声をかけた。声を掛けられたその住民は「マリンドライブを北に向かって、ニッサンのディーラーを過ぎて、しばらく行くとポストネットって私設の私書箱があるよ。そこでは郵便業務だけではなく、FedEx の代行もやってくれるし、便利なところだ。俺も使っているよ、ところで俺の名前はクリス、姓はゴルフクラブで有名な……」

「きっとテーラーメードだろう」

「ハッハッハ、残念、キャロウエイって言うんだ、よろしく、で、君は?」

「俺の名前はケニー、ケニー・カサオカだ。3ケ月前までコネチカットに住んでいて、そこでリタイヤーを迎えた。しばらくこの島で暮らすことになるけど、よろしく」

このように彼はなかなかソーシャルな面をもっている。グアムの安ホテルに4日間滞在して、アパートの契約を片付け、中古車を買い、生活に必要な最低限の家具と台所用品をKマートで調達し、オーシャンフロント・アパートメントの住民となったのである。

ソーシャルなケニーがミルウオーキー男のミラーライトのチャリティーの恩恵を受け、週末のパティオでの集まりの常連となるのに時間はかからなかった。こと遊びに関してはリーダーシップがあるようで、たちまちアパートの住民を誘い、一組のゴルフ・パーティーを組織してしまった。こうして彼はリタイヤー生活に選んだこの島での生活テンポを短期間で作りあげたのだ。見事な効率と言っていい。彼は文法を追うようなゆったりとした語り口の英語と、その外見が語るようにジャパニーズである。
　グアムの時間の経過は「日が昇り、日が落ちる」の自然体だ。TV ニュースにあおられた強制される如きの休日心理もなく、木々の葉の色彩の変化を見て季節感を俳句に託すこともない。ただひたすら渚に寄せる潮位の変化でケニーは時間の過ぎゆくさまを知るのである。オーシャンフロント・アパートメントの時間は大陰暦で刻まれているのであろうか？
　潮位が繰り返し、満潮と干潮が決められた間隔で訪れるように、入居して３ケ月余りが過ぎる頃、ケニーは予期せぬ満潮の波を経験することになった。
　ここのコミュニティーに一人の女性退職教師が住んでいる。年齢は定かと分からないが70代の前半であろう。彼女の名前はクララ、２匹の美しい白いグレイハウンド犬と住んでいる。早朝の短距離の散歩は彼女自身が連れて歩くも、夕方の渚の本格的な散歩は彼女にはやや過酷で、息子夫婦が訪ねてきてその役をつとめている。この優雅な足の犬は速足だ、元来が狩猟犬なのだから。時に挨拶を交わすケニーの存在はクララにはちょっと気になる存在であった。見たところ身寄りもなく、クリスマスとて客は訪ねてこない。彼女には孤独な男に見えたのであろう。
「クララ、あなたはひょっとして北ヨーロッパの出身なの、少しアクセントを感じたけど」
「ドイツよ、正確には東ドイツと呼ばれていた国。ステイツ経由でグアムに来てもう40年。ドイツ語を話す機会は殆どないけど、それでもたまにはツーリストの中にドイツ人がいて話したこともあったわ。あなたはジャパニーズね、私の息子の嫁もそうよ」
　こういった類のお国の話題が、ちょっとした会話のきっかけになることに洋の東西は変わらない。実際のところ、この島は合衆国の領土、小さなコスモポリタンの島、世界の何処かからの出身者が集まっているのである。
「あなた、シニアー・シチズン・センターに行かない？ 毎日ランチの後はビンゴゲームがあって、時にはカラオケもあるわ、おもしろいところよ、それとランチはフリーよ」と、ケニーはクララの誘いを受けることになった。
「シニアー・シチズン・センターですか？」
これって「老人センター」の事だなと、と感のいいケニーは日本語でつぶやいたがその言葉はクララの耳には入らなかった。
「どうすればいいの、私、64 歳になったばかりだけれど、いいのですか？」
「大丈夫、62 歳を超えればシニアーの資格はあるわ。明日の 12 時少し前に一緒にここを出ましょう、センターの秘書を紹介してあげるからメンバー登録の手続きがすぐできるわ」
「シニアー」の響きは気にいらなかったが、無料のランチサービスにケニーの心がぐらつき、翌日クララの車を追ってカリフォルニア・マートの裏手にあるそのセンターに出かけることとなった。クララが秘書に話してくれ、ケニーは登録用紙をもらい必要事項を書き込み、秘書との面談にのぞんだ。
「あなたはワイフがいると記入しているけど、ワイフはグアムに住んでいるの？」とその秘書が聞く。
「いえ、彼女はジャパンに住んでいます」
「分かれて住んでいるの？」
「捨てられたのでグアムに来たのです」
このあたりからこの秘書が疑い深い目を向け始めた。ケニーも、あれっれ、面倒だなあ、と思い挽回を模索した。

「ワイフはまだ働いていますが、あと２年でリタイヤーになりますよ。そしたらグアム来る予定です」と、ケニーは会話に区切りをつけるべく、嘘っぱちな話で切り返した。これにはむしろ秘書の方が喜んだ。彼女の仕事はソーシャルワーカーであり、ここシニアー・シチズン・センターの運営が仕事なのであまり個々の身の上には深入りしたくはなかった。

「分かったわ。ここのセンターはシニアーの入会にはオープンで、あなたの年齢、年金の授受の有無、非常時の連絡先、これらがはっきりしてれば問題はないわ。さあ、テンポラリーのメンバーカードをあげるからカフェテリアでランチを受け取って」で、面談は終わった。

ポリスチレンの小さな容器にはライスと揚げたポーク、それにフローズン野菜の炒めものが添えてあった。スプーンでその野菜を一口ほりこんだケニーの顔に苦痛の表情が走った。

「これはまるでコスゲ定食だ」と絶句した。

コスゲというのはケニーの母国のトウキョウ葛飾にある著名な隔離保養所である。政治リーダー、あるいはニュービジネスリーダー、インサイダー取引のトレーダーにとって隠れた穴場であり、美食・飽食・過飲・汚職・献金・金融犯罪に起因したメタボリックな症状の治療には最も効果があると言われている。そこでは動物性蛋白を極端に制限し、繊維質と炭水化物中心のダイエットがふるまわれる。さらに早朝の点呼起床、娯楽アメニティーの欠如、週２回の入浴、午後９時30分の消灯が確固として義務付けられ、彼らの健康は入所３ケ月でたちどころに改善されていく。ケニーにその実経験があるかどうか定かではないが、このシニアーセンターのランチを一口含んだだけで、そうつぶやくのだから、すくなくとも一度は試食の経験はあるのかもしれない。

ところがこのセンターでは、かれこれ30数名のシニアーが嬉々としてこの質素なランチをたいらげ、繰り広げられているビンゴゲームに参加していく。ビンゴシートの一枚は25セントで購入できる。まあ可愛いギャンブルであるが、全員が席に着き、ディーラーが読み上げる数字を追って、シートに蛍光ペンでマークをつけてゆく。クララとて真剣に追っている。

「なにがフリーのランチだ。この味には失望だよ、なんだこれは。ランチ代を節約できると計算した俺がバカだった。それに、この単純なゲームのつまらなさ。ここはクララの目を盗んで裏口から逃げるしかない。それと、俺はまだシニアーには遠いいのだ」と、ケニーは決意した。

この男には逃亡癖があるようだ。積極性というのか、思慮なしというのか、誘われればさっと飛び込むのだが自分の思いと違うと、これまたさっと引いてしまう。目標値と実際値のずれを比例（P）・積分（I）・微分（D）機能でもって調整するPID調整機能が非常に高感度にできている。この男、リタイヤー前は制御プログラムの仕事をしていたらしいが、どうもそのことは職業上のことだけではなく、実生活においても活用しているようである。とにかくフィードバック調整機能が敏感なのである。すぐに、「間違った、予想と違う、さてどうするか、まず逃げろ」の動作を実行する。開いているバックドアを見つけ、ビンゴに熱中するクララの目にふれることなくこのシニアー・シチズン・センターからケニーはニンジャの如く退散することに成功した。

翌日の朝、コーヒーで目をこじあけようとしたケニーのドアをノックの嵐が襲った。

「あなた、この前は早く帰ったのね」とクララは少々オカンムリであった。

「だって、そのう……、知った人もいないし」

「あら、サイパンから移住したジャパニーズも何人かいるわ。紹介してあげるわ」

クララの追撃はやまなかった。結局この後、そのセンターに更に２回誘われることになってしまった。

「２回逃げれば、クララもあきらめるだろう」とケニーは居直り計算を働かせた。１回目はランチ半分をゴミ箱に入れて逃走。２回目は牛乳のみ飲んで退散。これでクララもあきらめてしまい、もう彼女の誘いは無かった。

「レッスン・ワン。シニアーの社交はあと 10 年は封印だ。俺はまだそこまでの老境には達していない」がケニーの貴重な学習経験であった。こうしてクララの潮は誰をも傷つけることなく引き潮となって去っていった。人生は大陰暦で生きる方が自然なのだろう。

潮目はまた繰り返す。立ち直りが早く、遊びの持ち球が多いのもまたケニーのキャラクターである。その外見を手玉にとってフェイクなチャイニーズを演技する軽薄性を持っている。これに最初に引っかかったのがここのオーナー、マダム・ドラゴンの秘書をつとめているベトナム系広東人のシンディーであった。

ベトナム戦争時にグアム出身の米軍軍人と結婚し、サイゴン陥落以前よりここに定着したシンディーは、いつも夕方６時前後にマダムの家を訪ね、私書箱からピックアップした郵便物を持参し、ペットのカナリヤにエサをやるのを日課としている。
「ニーハオ」とケニーが声をかける。「ハオ、你是日本人嗎？」と、シンディーが中国語の問いかけに驚きながら返事を返す。残念ながら、ケニーのマンダリン（北京語）の語彙は乏しく、この後は自己紹介をする程度でその会話は終わってしまう。しかしながら、ここは人間の心理の不思議なところで、シンディーはケニーがかなりマンダリンを話せると思いこんでしまう。それと同時に「チャイニーズの私にチャイニーズで話しかけるとは見上げた根性」とケニーの社交性に好感をもってしまう。ケニーもずるいところがあり、マンダリンに詰まると英語に切り替えて危機を脱してしまう。こうした類の会話がこの後数回繰り返されるうちに、シンディーはケニーのあけすけなキャラクターにすっかり好感をもってしまった。見事なまでにトモダチ作戦の上手なケニーであった。
「この男、ちょっと気になる。私の女友達に紹介してみるか？」
そんな思いにシンディーはとりつかれてしまったのである。これまた人間の心理のなせるところで、一度そう思い込むと実行への義務感にかきたてられてしまうのであった。もう一つ断言しよう。結婚生活の渦中にある女性は独身の男女をくっつけるおせっかいな性向を持っているのである。
シンディーの友人はメイという名の未亡人だ。
「メイ、面白い男がオーシャンフロントに住み着いたわ、ちょっとワケありの感じがするけど話してみると社交的よ、どう、あなた興味がある？ジャパニーズよ。私がチャイニーズだと知ったら、彼、マンダリンで挨拶したわ。カラオケが好きだといっていたわ。どうブラインドデートしてみない？詳しくは知らないけど、ステイツの生活が長く、最近グアムでリタイヤー生活をはじめているらしい。彼の情報はまあそんなとこね」

「シンディー、彼のバックグラウンドはどうなの？ ファイナンシャルは？」

「マダム・ドラゴンに提出していたアパートの応募書類をチェックしたけど、典型的な年金生活者で、クレジット・スコアーも良好だから、金銭の面で特に心配する必要はないわ。どう、あなた、ディナーとカラオケに誘ってみる？」

「ちょっと待ってシンディー、肝心なワイフの方はどうなの、そのジャパニーズは結婚しているんでしょう」

「しているらしい。アプリケーションにそう書いてあったわ。でも、そこのところが私にも分からないところよ。言えることは、彼のワイフはジャパンにいて、グアムには来ていないこと。彼がアパートに来てから、そう、半年経つけど、ワイフが来たって形跡はないわ。後はあなたで確かめるしかないわね」

「そうね。ここはあなたにアレンジを頼んでみるか。どうせ私はウイドーだもの」

「メイ、ネイビー基地のPX出入り業者の新年ディナーパーティーが来週の土曜日にPICリゾートで開かれるわ、いいタイミングでしょう。あなたと、あのジャパニーズ、そう、ケニーの分のチケットを早速手にいれるわ。食事の後、カラオケに行こう」

こうしてともにベトナム系広東人の二人の熟年女性のケニー捕獲作戦がはじまった。但し夫のいるシンディーはあくまでも進行役にしかすぎない。

年も変わった2012年1月のある夕方、ケニーのドアがノックされシンディーがあらわれた。
「今週の土曜日は、あいてる？ 以前話していたパーティーがPICリゾートであるけど、あなた、大丈夫？ そうOKね、じゃあ午後7時に迎えにくるわ。ディナーの後は私の友人とカラオケよ。それからディナー券は25ドル、小切手でもいいわ」と、話はまとまり、シンディーは真新しいその年の中華民国製カレンダーを置土産に残していった。
「ど派手なカレンダーだなあ、白地に赤と金、キンキンだ。何だこの星期ってのは、おっとそうか週のことか。ところで、カラオケだって。日本で働いていたころ『無錫旅情』を歌ったのはいつだったろうか？ あれが最後だったと記憶しているから、もう20年前の話だぜ。友達と一緒と言ってたけど、チャイニーズ、それともベトナミーズ、どっちだっていいや。さっと行って、さっと切り上げよう。これもローカルとの社交だ、たまにはこんな類の遊びがあってもいいや」とケニーはメンドーチイ気持ち半分、あきらめ半分、器量のいい熟年女性が一緒ならばそれはボーナスと言い聞かせ、先ほど振り出した小切手の額25ドルを自分のラップトップのエクセルシートに転記し、今週の生活費予算が数ドルオーバーすることになったと、ため息をついた。この男、こと出費に関しては几帳面に自己管理をつらぬいているのである。どうやらケチにできているかもしれない。
オーシャンフロント・アパートメント。渚のコテッジ。そこはフィリッピン海に沈む美しいサンセットの恩恵を受け、慈善に溢れたコミュニティーである。
たどり着いた一人の男をからかうようにハガーニャの風が椰子の葉を揺るがせた。グアムの恋歌が鳴るのだろうか？ まさか。

１章　ブラインドデートの夜

その日の夕刻７時を少し過ぎた頃、ケニーのアパートの前にシルバーのインフィニティー中型セダンが横付けされた。ケニーが後部座席に滑り込むと助手席のシンディーが運転している女性を紹介してくれた。メイと聞こえ、ケニーはその名をもう一度無言で繰り返し自分のメモリーに押し込んだ。インフィニティーはすぐにアパートを離れ、PIC リゾートに向けて走り出した。体を少し後部座席の右窓側にずらしながら、ケニーは運転する彼女の右横顔の一部を斜め後方から見る位置を確保した。

「器量は悪くない。豊満、それが妖艶さのある顔立ちとマッチして押し出しをよくしている。俺の好みのタイプ、５点採点の４はつけられる。これで今夜は忍耐のひと時を過ごさなくてすみそうだ」と、ケニーはその夜のツキに感謝した。

「シンディー、俺、半袖シャツだけど、パーティーにはこれでいい？あまり衣装のストックがないのものだから」

「大丈夫よ、ダークブルーのパンツは決まっているわ。グアムのパーティーはカジュアルよ、ジーンズは今夜ちょっと合わないけど」

まさかジャケット着用とは思わなかったが、夜のディナーだから何がいいか思案はしていた。短パン３着、ジーンズが３着、Ｔシャツ３枚、ゴルフ用のポロが２枚、3―3―3―2 の攻撃的フォーメーションが、ケニーの島暮らし衣装の基本ストックであった。それでもなにかの時に必要かと思い予備として薄手のダークブルーのパンツを２着と、これまた２枚のインド綿でできた着心地のいい半袖シャツをスーツケースに入れて島に持ってきていた。その控えが今夜役に立った。ケニーという男、物持ちがいい。このインド綿の半袖シャツなど20年前にボンベイに出張した時買い求めたもので、洗えば洗うほどやや厚手にできたこのシャツの着心地がよくなっていくのであった。まるでバスタオルを掛けたようなゴソゴソ感でもって彼の首を包み、実に快適であった。

その日の夕方、シンディーがその到着を電話で告げる前、「カーキにするかライトブルーにするか」と、２枚しかないこのシャツの選択を迷っていた。

「ダークブルーのパンツにライトブルーのシャツじゃあ、いまひとつコントラストが映えない」と、結論し、もう一つのカーキのシャツを選んだのであった。

ケニーとシンディーの車中の会話は続いた。

「私とメイは二人ともベトナム生まれの広東人よ、サイゴンのチョロン地区の出身なの」

「チョロンっていうと、あの中国系の町のこと？　ベトナム戦争が終わった後人口が流出したって聞いたけど」

「そう、でも二人が会ったのはここグアムが最初で、いまから37年前の1975年のことね、私は軍人の夫、彼はチャモロ人、に従ってそれ以前にグアムに来ていたけど、メイが来たのはサイゴン陥落の75年よ」

「ちょっと質問があるけど、あなた達はどちらの言葉を話すの？　広東語それともベトナム語？」と、会話は言語学の方向に滑り出してしまった。シンディーが続けて「チョロン地区の中では広東語、もっとも福建の方言を話す人もいるけど、やっぱり広東語が主流ね。つまり香港の人達と同じ言葉よ。

チョロンを出るとベトナム語に切り替えるの、だから私達はいつも二つの言葉を話していたことになるのよ」

シンディーの言葉を受けてメイが割って入った。

「ベトナム人がチョロン地区に来ると彼らが広東語を話すのよ。そうしないとビジネスができないでしょう、その当時は。だから、私がベトナム語に自信をもったのは小学校の中頃のころかな？　いまでもベトナムの北の人の方言は聞きづらいわ。グアムにもいろいろな地方のベトナム人がいるので方言にはだいぶ慣れたけど。それにしてもケニー、あなたは英語を楽そうに話すのね。ジャパニーズは英語を知っているけど、ほとんど話さないわ。どうしてなの？」

車中の三人の会話は、何故かこの夜は言語学の話題から始まった。それもしかたないかもしれない、なにしろケニーとメイはいましがた会ったばかりなのだから固いテーマにならざるを得ない。「それこそチョロンと同じで、ここグアムでは、ジャパニーズは英語なしでビジネスが出来るからだと思うけど」とケニーが答えた。

その時メイは何やらつぶやいたが、ケニーには明瞭には聞こえなかった。

メイの独白

ベトナム難民として、グアムで暮らし始めて37年が過ぎた。少し前に売却したレストランの経営を最後にビジネスからリタイヤーし、それなりの成功の満足感を得た私。そして一度目は離婚、二度目は死別という、やや起伏のある婚姻生活を過ごした私がこんなタイプの男に会うなどと夢想したことがあったであろうか？少なくもチャイニーズにはいない、いやこの島のアメリカン、あるいはローカルにもいないタイプだわ。まさか会って最初の会話が言語学だなんて。とてもインテリジェントだわ。ハンドルを握りながら、衝動的に「パーフェクトなカモ!」とつぶやいてしまった。
「何?」とケニーが聞き返した時、からくも自分を取り戻すのが精一杯だった。
「いえ、その、あなたの英語がパーフェクト、と思ったの」と、ごまかした。なんて、無邪気な男なのだろう。この機会を逃してはならない、ここは切り返さなくては。
・・・
この後、メイが車中の会話のイニシアチブをとった。
「私、ひらがなを少し習いました。今も車のオーディオテープからニホンゴを聞いています。あなた、ニホンゴを教えてくれますか?」

ケニーの独白

この一言がケニーの過去の記憶を呼び戻した。俺も6年前に「ある意図をもって」北京語会話のCDを聞いていたではないか? 何かあるな、日本人がチャイニーズを習おうとする時、中国人がニホンゴを習おうとする時、きっと裏に何かある。ケニーはガードを上げた。今夜は海軍PX主催の新年ディナーパーティーだ、まずは社交に徹し、切りよくグッド・ナイトだ。君子が虎穴にわざわざ入る必要があろうか、ここはまず安全運転、と自分に言い聞かせた
・・・
彼らの会話はまだ言語学を脱していない。ケニーが尋ねる。
「いいですけど、教えた経験がないので、どんな方法がいいのか、それと週に何回ぐらいのレッスンですか?」
「私、ニホンゴの挨拶はいくつか知ってます。グアムではニ

ホンゴはとてもポピュラーですから。でもうまく、センテンスがつながらないので、すこし長めの会話の練習ができればいいのですけど。それと、週３回にしたいです、１時間あたり何ドルでしょうか？」

「レッスン料ですか？　リタイヤーの毎日ですから、お金には関心が薄いのです。そうですね、無料にして下さい。その方が、むしろこちらも気が楽です。どっちみち初めてのことですから」

「あら、それは駄目よ。あなたの時間を買うわけですから無料は駄目です」

やはりメイは華僑である。言語学のトピックは売り・買いの実務交渉に入ってきたが、車がPICリゾートの地下駐車場に入るとともに彼らの会話は中断された。

メイの独白

何てことだ、私の申し入れに「無料にして下さい」とは。この男はなんの押しつけもなく、さらりと言っている。いまだかって、私の申し入れに「タダにして」と、答えた男はいなかった。チャイニーズであろうと、フィリピーノであろうと、チャモロであろうと決してそんなことは言わない。必ずや対価を求める。それをこの男は無視している。いやそもそも、金のことなど考えていないのだ。私の人生で初めてのタイプだ。もっとこの男の性格を知らなくては、要知道。

・・・

だがメイはうぶであったと言わざるを得ない。ケニー・カサオカ、この男の心理作戦は高等だ:「授業料？　もらわない方がいいだろう、その方が相手に与える心理的プレッシャーは計り知れない」彼は即座にそう判断したのであった。

ディナー会場は別館にあるらしく、三人は駐車場からマイクロバスで運ばれた。そこに着くと早速、桃色のチャイナドレスを着た若いチャイニーズがシンディーを迎え「さあ、パーティータイムよ。テーブルに行きましょう。みんな着席しているわ」と、三人を促した。スリットの入ったチャイナドレスは夜の宴席には映えるものである。しかも、そのスリットは深い。そして桃色！

「やっぱ、若いのはいいねえ、あの子もカラオケにくるのかな」、と、ケニーはオプションが増えることを願った。が、そんな素振りはシンディー、メイの熟女コンビに見せるわけにはいかない。あくまでも、『気後れ気味、遠慮気味、純朴な小心者』を演技しなくてはならないと、言い聞かせた。「おそらくチャイニーズのグループの円卓に座ることになるだろう、そうなると、多少の言葉の断片は理解できても、会話に参加することは無理だ。ところが、そこはうまくできたもので、チャイニーズの女性は結構面倒見がいい、あくまでも遠慮気味に孤立したふりを演じておけばいい。そうすると、彼女達は、『これがおいしいわ、これ食べたことある？』と、気を使ってくれるはずだ、それが円卓のよさ、まあ勝負は二次会のカラオケタイムだね」と、素早く戦術をシミュレートした。実のところケニーはそれなりに今夜の準備しておいていたのだった。

ケニーの独白

ゴルフだけの暇つぶしから脱して、そろそろナイス・レディーの一人とでも知り合いになれば俺のリアイヤー生活の快適度も一段階アップするかな、の思いはあった。が、それはおとぎの話と思っていた。グアムのビーチに移住してもう半年が経過していた。当初は熱帯海洋性気候の湿度の高さに閉口したが、いまはすっかり体も順応し、気力も上昇していた。シンディーが、カラオケに行こう、友達もくるよ、と言ってきたが、まあいつかのことだろうと、それほど気にもしていなかった。俺はケチにできている。「カラオケ？金がもったいない、歌が歌いたくなったら自分のギターで歌えばタダ。わざわざカラオケ・バーにいく必要がどこにあるんだ」と、半分忘れかけていたら昨夜突然彼女がディナーの券を持ってきた。やれやれ、これは本気だな。

友達を連れてくるといっていたので、ここは練習しておこうと、定番の「イエスタデイ」を２回、インターネットのユーチューブにあわせて練習した。出来は悪くはない。それと相手はチャイニーズだ、となると鄧麗君ことテレサ・テンだ。ヒット曲の「空港」を口ずさみ、これまた２回の音合わせをした。準備に抜かりはなかった。テレサ・テンを北京語で歌うか？いくらなんでもそれは無謀だ、やめとこう。

・・・

会場は宴会用のホールであった。小学校の体育館よりは広い。詰めれば十人程度が着席できる円卓が 30 卓以上配置されていた。ステージがあり、コンサート用の大型スピーカがそこにおかれ、既に軽快なチャモロ音楽が流れていた。いかにもグアム風のパーティーである。その音量は大きい。自然と声を大きくしないと会話の聞き取りが難しい。

どうやら、このあたりからケニーの計算が狂い始めていた。「まずはフカヒレのスープ、次いで、冷えた前菜、チキン、それから……」と、計算していたが、肝心なことをケニーは忘れていた。25 ドルでそこまでの宴席がサーブされる訳もなかったのである。その夜のディナーはブッフェ形式、つまり列の始まりでプレート、ナイフ・フォーク、ナプキンを手にして、順を待ってサラダ・前菜・魚・肉を「取り込み」、テーブルに戻るのである。ケニーがもっとも嫌うスタイルだった。何故嫌いか？　忙しい、落ち着かない、一皿にヨイショと山盛りに取る、まるでおもらい君だ、そこに食の美学が存在するだろうか？「宴会はコースでなければ」というのが彼の好みであったがその期待は25ドルの現実の中でむなしく消えていった。

シンディーを真ん中に、右にケニー、左にメイ、と三人組はチャイニーズをメインとした円卓に着席した。ホワイトも三、四人いた。英語に交じって広東語の挨拶が飛びかう、「ハヤハヤ（そう、そう）」一体この挨拶言葉は漢字でどう書くのだろうか？ケニーは日本語の「ハイ、ハイ」の親戚言葉と理解している。

「さあ、フードを取りにいきましょうよ」とメイが、『気後れ気味、遠慮気味、純朴な小心者』を演技しているケニーに声を掛けた。二人は連れ立って列に加わった。ここまできたら、フカヒレの幻想を捨て25ドルを取り戻さなくては、とケニーは仕切り直しをしてプレートを抱えて列に並んだ。

「ローストビーフはどう、あら、スシ・ロールもあるわ」と親切にも彼女はリードしてケニーのプレートに取ってくれる。その時、彼女の携帯の着信音がなった。

「ちょっと失礼するわ、ドイツの兄からの電話みたい」と言い残してラインを外した。ケニーは、彼女のコネクションの思わぬ広がりに驚き、その電話が終わるまで彼女を待った。

「お待たせしました、もうフードは取りました？」

「ヨーロッパにお兄さんがいるの？」

「ドイツの兄はレストランを経営しているの、私は兄姉が多いのよ、すぐ上の姉はノールウエイのオスロに住んでいるわ」
「へえー、家族が世界中に広がっているんだね」
ケニーは、ベトナム、インドチャイナ半島の歴史については疎い。地理はもっと弱い。ラオスとカンボジアの位置を白紙の地図の上で正確に指さすことが出来るであろうか？　それでも、75年のサイゴン陥落、79年の中越戦争を契機とした大量の難民発生と、その一時的な収容キャンプがグアム、マレーシア、それと、ホンコンであったろうか、に設けられていた歴史は記憶にあった。
「きっと、そうしたキャンプから、国連の難民保護プログラムを通じてヨーロッパにも定着していったのだろう。いや、なにしろベトナムのチョロン地区からは60、70万近いチャイニーズが出ていったのだから。そんな記事を読んだ記憶がある。となると、彼女の家族もそうした道をたどったのかもしれない。いや、華僑を甘く見てはいけない。ベトナム戦争の最中であってさえ、まず香港で子女の教育を受けさせる、そこからカナダに移住させる。家族の分散と併せて資産の分散も計る。スマートでタフな人達だ、そういえば昔モントリオールに行った時、ベトナム料理店をよく目にしたなあ。ボストンのチャイナタウンでも、マンハッタンのチャイナタウンでも、必ずある一角はベトナム料理店だ。それがまた、人気があって混んでいる。ペパーミントの葉をどっさり入れたエビ入りのライス・ヌードルはなんて名前だっけ、フォーとかいったなあ。どうも、メイの顔にも、そのあたりのビジネス・ウーマンの血筋が見える」と、ケニーは、ドイツの兄・ノールウエイの姉・難民・華僑・商売・料理店・不滅のベトナム麺、の連想ゲームの視点で、彼女のプロファイリングを試みたのであった。彼がFBIに勤務したら、きっと優秀な捜査官になっていたであろう。もっとも、そこまでこの男を褒める必要もない。彼は単に初めてのブラインドデートの相手のバックグランドをなぞっていただけであった。

ともあれ、総勢 100 名を優に超えるホールは陽気なチャモロ音楽に煽られ、まさに『これぞパーティー』の雰囲気を醸し出し、客の話し声も高く、雑然として宴は進行していった。残念ながらケニーが期待していたような、静かで、次々と珍味が現れる、そんなしゃれた雰囲気のディナーではなかった。

「ここは我慢。勝負は二次会のカラオケ、アルコールに弱い欠点を出してはいけない。『気後れ気味、遠慮気味、純朴な小心者』を忘れるな!」と彼は制御手順を自分に言い聞かせた。

メイの独白

「一杯だけバドワイザーを飲むけど、もし二杯目を飲むようだったら止めてください」とケニーは私にささやいた。

どうもジョークではなさそうだ。そしてその後は、私達と同じようにアイスティーを飲んでいる。なんていう率直な男なんだろう、きっとアルコールは好きなはずなのに制御している。ついつい私は、いい方にケニーをみてしまった。

・・・

ケニーの独白

メイとカラオケ？　これは、まいったなあ。これだけの美女の前でうまく歌えるはずがない。誘われても「イエスタデイ」の一曲に止めておこう。その為にはまずビールを飲まないことだ。どれだけ、アルコールに弱いか、俺は自分をよく知っている。ジョブ・ナンバーワン、それは飲まないことだ。

それにしても、このブッフェ・スタイルのディナーで俺の皿に肉を、サラダを、スシ・ロールを盛り付けてくれる手際の良さは一体なんだろう？　まあいいか、深く考えても仕方ない。

・・・

その時、ステージ上の司会者が、チャリティーの福引きゲームの宣言をした。それとともに、単券で２ドル、10枚セットで20ドルのチケットを持った売り子が彼らのテーブルに回ってきた。シンディーも、メイも、それを待っていたかの如く財布からキャシュを取り出した。「好きなんだよ、チャイニーズは、この手の運だめしが、まあ可愛いお楽しみ程度のギャブルで罪がないけど」が、ケニーの聞こえることのないつぶやきであった。

メイの独白

私は、この島のパーティーでは定番となっているこのラッフルと呼ばれているゲームには全く目が無い。くじ引きが根っから好きなのだ。早速20ドル叩いてバラ券を買った。その結果がみじめな一夜に終わるとはその時は考えもしなかった。ケニーはとみると、チャイニーズのゲストには片言のマンダリンで挨拶をし、アメリカンのゲストには英語で対応している。この男、こうした社交には慣れているらしい。ほんとは私と会話を交わしてもらいたいのだが、私とケニーの間にはシンディーが座っている。まあ仕方ないか？なにしろ今夜が初対面だ。それにこの後、カラオケがあるもの。

・・・

大方のゲストの食事が一息つくころ、ネイビーのPX業者の代表スピーチがあり、それが終わるとディスジョキーが始まった。軽快なチャモロ音楽の音量はアップし、それにあわせてフロアーではダンスが始まった。踊る者、ドリンクのブースに走る者、さらなる食べ物の追加に走る者、会場のざわめきの音は一段と高まった。色黒マッチョのチャモロ男が金髪のウイッグをかぶり、胸にココナッツのブラを着けて踊り始めた。まさにホールはグアムのパーティー会場そのものとなった。

ケニーの独白

どうも俺の想定したモードではなくなった。同業者の新年パーティーとなれば、業者側からの過去一年を振り返ったスピーチがあり、それに応えてネービー側からの返礼があり、誰かへの表彰があり、次の年次への期待が述べられる、そんなモードではなくなってきた。５曲目、６曲目となって音響は更にアップされてきた気がする。スマートな連中は「グッナイト」の挨拶を交わし、三々五々と、テーブルから去っていきだした。頃合いを見計らい我がカラオケ予定組もそうするべきなのだが、その気配が見えない。シンディーにそれとなく誘いかけたが、乗ってこない。

「ちょっと待って、これからラッフルの番号が発表されるはずよ」だって。俺は少しじれてきた。

・・・

メイの独白

早く当たりくじの番号を発表してもらいたい、と私は願った。でもここはグアムなのだ。37年間の島の生活経験から不吉な予感が漂う。グアムのパーティーはいったんリズムが弾け、踊りが始まるともうラッフルの当たり番号の発表など何処かへいってしまうのだ。かといって20ドルの投資結果を待たずに席を立つ訳にはいかない。ここが、博打好きのチャイニーズの血の辛いところだ。

・・・

ケニーは、「ちょっとフレッシュな空気を吸ってきます、それに耳を休めたいので」と、シンディー、メイの熟女ペアに断りを入れ、ホールから外に出た。何とか静かなベンチを探して一息ついた。座を外した彼を生理医学と精神医学との観点から擁護しなくてはならない。

前者に関して言えば、彼の聴覚は鋭敏にできている。現役時代、コンピュータ制御室で働くことが多かったがそこには必ず空調のファンが機能している。その微妙な音に悩まされて騒音防止のパッドを耳にあてて働いたものだった。

一つのエピソードがある。彼がボストン近郊に住んでいた頃だった。彼はNBAのチーム、セルティックスの本拠地会場であるTDガーデンに出かけ、伝説のロックバンド、ザ・イーグルスのコンサートを聴きに行った。その時でさえ「ホテル・カリフォルニア」を聞き届けるとさっさと中座した。大きい音に対して鋭敏過ぎて、時としてその音源からの逃避行動をとってしまうのであった。その行動は突然現れてくる。きっと生理学的に、自分の聴覚を保護する本能が自然と出てくるのであろう。

精神医学の観点からも彼の行動特性を語ることができる。彼はその欠点の自覚を意識することなくそれまでの人生60数余年を過ごしてきた。半年前、彼のグアム行きを決定づけた宣告があった。それは彼の妻からの宣告であった。彼は米国、彼の妻は日本、の生活がそれまで13年間続いていた。ケニーは米国での仕事を終え、リタイヤーの日々を母国で送ろうとそれなりの期待を込めて帰国した。が、もともと違った行動規範を持つ妻から『広汎性発達障害』の宣告を受けたのであった。

ある夕の食卓の場の出来事であった。彼は左手でビールを飲む。ビールのコップの置き場所を探して、左隣の妻の酢タコの小皿をそのコップで何気なしに追いやった。その時彼の妻の目が光り、「やっとわかった、つまりコウハンセイ発達障害なのね」とつぶやいた。それを聞きながら、ケニーは口をポカンとあけた。後半生のコウハンセイなのか、広範性のコウハンセイなのか、その言葉の理解に苦しむ彼に対して、彼の妻は冷ややかに「全てに渡ってのコウハンセイ、ハンはさんずいの汎、広汎性。そうやって自分のコップで他人の小皿を押しのけても何とも思わないでしょう」と言い放った。そこでケニーはやっと『広汎性』を理解できたのであった。小学校教師として数多くの障害児童を見てきた妻から確信を持って発達障害を宣告された以上、もう同居はできない。いや、それまでの13年間ですら同居していなかったのだから、ケニーがグアム行きを決めるのに時間はかからなかった。もっとも、この発達障害の指摘は、ケニー自身にも納得いくものであった。

数年前、コネチカット州の彼のアパートにこの妻から、彼の日本の年金記録が送られてきたことがあった。その記録には彼がこれまで勤務した20社を超える会社がリストされていた。

「20数年働いてでこれだけの数か、よく記録されたものだ。今頃日本では年金記録喪失が報道されているのに。でもこれはありがたいことだ。最後に年金の受給資格あり、支給開始の時期は……とあるではないか」と彼は単純に喜んだものだった。つまりは、『広汎性発達障害』がある為にケニーと一般社会にはわずかの断層があることを、彼の年金記録は如実に物語っていたのであった。

ケニーの独白

このクレージーなグアムのパーティーでチャイニーズの我が相方はラッフルの結果を待っている。どう考えてもこの後、彼女達とカラオケに行く時間帯ではなくなりつつある。もう夜が更けてきたのだ。となればここは俺の戦術を駆使するしかない。相方には悪いが。

・・・

PIC リゾートのプールサイドのポリネシアン・ダンスのショーはもうとっくに終わり 1 月の夜風が心地よかった。ケニーはためらいを振り切り、決心した。果てしない宴席の悪夢を振り切る最高の戦術、それはだまって逃げだすことであった。ところが彼には車がなかった。タクシーをホテルに呼んでもらうか？ それも金のかかる話だ。となれば、アパートまで 3,4 マイル。ゆっくり歩けば、2 時間もあれば帰宅できるだろう。ケニーは彼女達に告げることなく PIC リゾートを離れた。彼の広汎性発達障害がこの時、実に顕著に現れたのであった。もう誰も止められない。思いたったら躊躇なく直ちに実行する、その行動を他人がどう評価しようなどと気にすることなかれ、電光石火、そして風林火山たれ、速攻相撲の琴錦たれ、これがケニーの障害なのである。この場合、行動的退避障害と言った方がいいかもしれない。

メイの独白

「表で休息するよ」と言ったケニーが 30 分たっても帰ってこない。一体彼は何処にいったのだろう。この大音量のディスコ・ミュージックで気分が悪くなったのだろうか？　そういえば耳を抑える仕草をしていたわ。でももうちょっと待ってみよう。それにまだラッフルの発表はまだだもの。
・・・
この夜のシンディーとメイの熟女ペアは全くついていなかった。彼女達のラッフルは幸運に恵まれることもなく、時間の浪費で予定の二次会のカラオケさえその機会を失ってしまった。おまけに、メイの相方を予定されたケニーは何処かに消えてしまった。シンディーはしきりと彼のセル・フォンに電話をかけているが、彼はそんな上等なものを持って逃亡しておらず、留守番メッセージが繰り返されるだけであった。
「シンディー、もう帰ろうよ。今夜はツキがなかったわ」
「仕方ないわね、そうしようか。でも、彼一体どこに消えたのだろう？」
「間違いなく家に向かったわね。車がないから、歩いていることでしょう」
あの距離を歩いて帰るなど、膝を気にする熟女ペアに驚異の出来事であるが、それしか考えようがなかった。
「とにかく無事に帰ったかどうかだけは確認してみよう」と、メイはシンディー乗せて、オーシャンフロント・アパートメントに車を走らせた。ホテル街を除けばグアムの夜道は決して安全ではない。それを２時間もトコトコと歩くなど、決して薦められたものではない。まだケニーはグアムに慣れていないのであった。

彼は慎重であった。ホテル街を貫くメインストリートの終点のロータリーを過ぎ、グアムメモリアル病院まであと一息の所にくると急にあたりが暗くなってきた。「まだ、１マイル半はあるな。人影もない。これからだ、注意を払うのは」と言い聞かせ、汗をハンケチで拭き、哨戒体制を最大感度に高めた。彼には痛い過去があった。６年前彼はマサチューセッツ州の南西部にあるフォール・リバーの町に住んでいた。ある日の夕方、ガソリン・スタンドでビール６本入りケースを買った。店を出て、彼が車のトランクにそれをしまおうとした時の一瞬であった。暗がりから暴漢が現れ、彼の背後を締めあげた。レスリングで言うところのフルネルソン（羽交い絞め）を決められたケニーは意識的に背後に倒れ、自分のジーンズの後ろポケットをコンクリートの地面にこすりつけ、財布が引き抜かれるのを防御した。本能的で有効な防御であったが、暴漢は、力任せにそのポケットを引き、ジーンズの丈半分をシームから裂き、財布を奪って逃げていった。なんと彼はその間左手を高く掲げ、ビールのケースを防衛したのであった。不憫にも彼のジーンズの片側の後ろ半分は財布とともに消え去っていったのであったが、ボストン名物サム・アダムスは６本全て無事であった。それからというもの、ケニーは暗がりに慎重になった。車から降りる時ですら左右の安全を確認したうえで降りるようになった。

ある時TVの映画専門チャンネルで彼はパット・モリタ主演の『カラテ・キッド』を見た。そして、彼の頭にインスピレーションが湧いた。「これだ、この技を使おう、暴漢からの自衛にはこの技しかない！」と閃いたのであった。

話は前後する。夜のボストンの地下鉄駅は安全ではない。特に一人の時はなおさらである。ザ・イーグルスの公演を中座した彼は人気のない駅のプラットフォームで電車を待つ間、『カラテ・キッド』のパット・モリタの役、すなわちミスター・ミヤーギのカラテの型を演じるのであった。彼の少年時代のアイドルはモハメド・アリだ。アリとミスター・ミヤーギをミックスさせ、そのプラットフォームでカラテ踊り（ダンス）を舞うのであった。

「絶対に暴漢は俺を見ている、獲物を探している。だから如何に俺を襲うことが無意味かをこうして見せなくてはならない。これが最大の防御なんだ」ただし、彼は絶対に正拳とキックの攻撃的要素を見せはしない。あくまでも、フットワークと上体のダッキングで攻撃をかわすデモンストレーションを繰り返すのみである。公衆の場で攻撃的要素を見せることがどんなに危険であるかを彼はよく知っている。それを見た人はためらうことなく911をダイヤルし、警官が呼ばれるのは間違いない。なにしろヌンチャクを所持しただけで逮捕される社会なのである。

あくまでも軽やかな身のこなしをまだ襲ってこない暴漢に見せしめることで、彼らからの襲撃を未然に防ぐのであった。ハリウッド映画の影響は多大である。ミスター・ミヤーギを知らない暴漢がいるであろうか？　まして、ケニーは日系なのである。その年齢、外観からして、この人気あるヒーロー、ミスター・ミヤーギを演じる資格は十分にある。更に、アメリカ人には日系に対してある種の固定観念がある。「あいつらを襲うなよ、どんな技をもっているか分からない」

ケニーがこの防衛的マーシャルアーツを取り入れ、実のところそれはダンスでしかないのであるが、危険が予知される公衆の場でこれ見よがしにそれを演技することによって彼は二度と暴漢から襲われることはなかった。

夜のボストン地下鉄からグアムの夜道に話を戻そう。グアムメモリアル病院からアパートまでの暗がりの中、ケニーはこの防衛術を実践した。300ヤード歩いては立ち止まり、フットワークを効かし 360 度の視野を確保した。夜の 10 時過ぎとはいえ、行きかう人はいるものである。彼らと遭遇すればそのダンスを大げさに演じ、予測される攻撃に備えた。なにくわぬ風情で「ハイ、グッド・イーブニン」と声をかけ、機先を制したのであった。その甲斐あってか、彼は無事帰宅することができた。もう汗びっしょりであった。シャワーを浴びてすっきりし、電話をチェックした。予想通り、4,5 通のメッセージが録音されており、それは全部シンディーからであった。「何処なのケニー？」の類であった。「あのメイというレディーは惜しかったなあ、でもまあ、これで忘れてしまおう。グアムのディナーパーティーはコリゴリだ。これにてお開き！イッツ・オーバー!」とつぶやき、ビールの缶を開けた。無邪気な男である、置き捨ててきたパートナーのことなど眼中にない。やはり彼は広汎性発達障害者なのであった。その彼が２週間後に電撃的なパールハーバー攻撃を受けるなど、その夜のケニーは想像だにしていなかった。

2章　メイのパールハーバー

メイにとっては惨めな結末となったブラインドデートの一夜ではあったが、彼の安全を無関心ですます訳にはいかなかった。彼女もラッフルくじの結果にかまけていた弱みもある。二人の熟女はオーシャンフロント・アパートメントに車を乗り入れて、彼のユニットをうかがった。「電気がついてるわ、ノックしてみようか？」「シンディー、やめときましょう。無事ならそれでいいわ」インフィニティーはオーシャンフロントを去っていった。

グアムの時間は何かに引かれることも無く、押されることも無く、大陰暦で過ぎてゆく。ケニーのあの夜の記憶も潮の満ち干の変化、月齢の歩みとともに消えていった。シンディーはマダム・ドラゴンの私設秘書の仕事柄このアパートにほぼ毎日訪れるのであるが、もうケニーとニーハオの挨拶を交わすことはなかった。全てあの夜の出来事は過ぎ去っていったのであった。ただ一人だけ次のアクションを、やるか、やらないか、決め兼ねている熟女がいた。

メイの独白

もう２週間が経ってしまった。それなのにケニー・カサオカのことが私の頭から離れないのは何故だろうか。一人でさっさと帰ってしまうなんて、それも夜道を歩いて帰るなんて。無邪気ではあるが、とにかく結論は早い男だ。それが私にとってとても消化不良なのだ。いや、逃げると追いかけたくなる老虎の性格が顕著に現れてきたのかもしれない、事実私は虎年の生まれだ、「我是属老虎的、そうではなかったの、メイ?」と自問して私の結論が出た。パールハーバー電撃作戦だ。私はシンディーにもこのことは告げなかった。

・・・

メイにそう決めさせる一つの契機が訪れていた。5人の娘達が卒業していったグアムのセント・トーマス・ハイスクールの慈善パーティーのニュースを後援会ブレチンから知った。マイクロネシア郷土料理と、生徒によるダンスと歌の一夜であった。勿論アルコールは提供されない。会場はハイスクールなのだから。アルコールを飲まないメイには好都合であった。ケニーはどうか? と彼女は考えたが「この際アルコールは我慢してもらおう、一つ大事なことを決めなくてはならない夜だから」と結論し、25ドルのパーティー券を2枚買い求めた。

「マイクロネシアの夕べ」のプログラムを見て彼女は微笑んだ。その夜の料理はサイパン・ロタ・パラオ・グアム・フィリッピン・アメリカ南部の郷土料理、それになんとジャパニーズのスシ・サシミまでが提供されることになっていた。勿論それらの料理はプロの手によるものではない、セント・トーマス高の後援会メンバーの手作りの一品一品である。心温まる太平洋の郷土料理が果たして虎の野望を持つ熟女と広汎性発達障害の熟男の遭遇にいい効果をみせるのであろうか?

その日のハガーニャ湾の夕日を見届けた後、ケニーは外での隣人との会話を切り上げ夕食の準備に取りかった。フライパンにはたっぷりとベジタブル・オイルが注がれ、電気釜にはタイの香米が準備され、スイッチオンを待つだけである。取っ手のついた小鍋にはダシ昆布の小片が敷かれ、その中では賽の目に刻んだ豆腐が水の中で沸騰を待っている。

彼はもう一度料理プロセスをレビューしてみた。オーシャンフロントの調理レンジは電熱式である。

ケニーのプロセス工学

電気釜と味噌汁用の小鍋と油を満たしたフライパン、これらを一度にスイッチオンする。５分後に小鍋が沸騰したらダシ昆布を取り出し、電源を切る。中の豆腐は電熱コイルの余熱で調理される。その後、味噌をスプーン半分加え、同時に乾燥わかめを一つまみほり込み放置する。食事の用意が整えば、この鍋を２分再加熱し韮をほり込む。ケニーは決して長葱を買わない。全て韮で代用する。韮の方が臭いが強く、栄養価が高いと彼は信じている。決め手は値段である。彼は軒下のプランターで韮を栽培している。成長すれば根元をハサミで切り、収穫する。その後、水をこまめにやるだけでグアムの太陽の恵みを受けて、韮はひと月すればまた収穫期を迎える。完璧に永遠の恵みなのである。しかもタダである。それにニラ玉、ニラレバ、ニラうどん、ニラ餃子、ニラお浸し、韮はレシピ―の応用範囲が広い。

彼の今宵の献立はワカサギのテンプラであった。グアムでワカサギ？　無理もない疑問であろう。米国本土から冷凍輸入されたスメルトという小魚がそのワカサギであった。実際スメルトはワカサギなのである。五大湖あるいはサンフランシスコ湾産であろうか？　買う人も少ないのであろう、彼が買う１パック（これで３回のテンプラができる）は２ドルを超えない。これも、実質タダの食材である。付け合わせの野菜テンプラにはグアムのローカルのカボチャとニガウリを選んであった。これも、ただとは言えないが知れた値段である。

一方電気釜は12分でスイッチオフとなり香米は炊き上がる。その間にフライパンの油はワカサギと野菜の投入を待つばかりの温度に上昇している。香米を蒸す間にテンプラをあげれば、全くのラグ・タイムなく日本趣味を満喫させたワカサギと野菜のテンプラ定食が出来上がる。ケニーは自分のプロセス工学に落ち度がないことを確認し満足した。「さあ、全てのスイッチをオンにする時間が来たな」

・・・

シルバーのインフィニティがケニーのユミットの前に駐車した。ドアのノックの音で彼はスイッチオンをためらい、ドアを開けた。「誰だろう、いまごろ？」

「ケニー、私を覚えている、PICリゾートのパーティーで一緒だったメイよ、これからディナーに行きましょう」まさに電撃のパールハーバーであった。

「ディナーですか？　あのう、これから？」

「さあ私の車に乗ってください」

この時彼の非常時サブルーチンがスキャンを始めた。

「ディナー作る瞬間にディナーの誘いだ、どうする、まさか俺がおごるわけでは無かろう。鍋もフライパンもまだ加熱スイッチは作動させていないぞ、ワカサギだって解凍が終わったばかりだ、冷蔵庫の上段に入れておけば明日の昼までは大丈夫。オイルは加熱していないのでオイルパンにキープできる。全ての素材は無駄にならない。韮だってまだプランターから切り取っていない。小粒なワカサギと豊満な女体、ここはどちらを選択するか？　よし、ワカサギを捨てて女体の誘いに乗ろう」スキャンの答えは出た。
「ご覧のようにＴシャツとショーツにサンダル履きですから着替えを待ってくれますか」
「大丈夫それでいいですよ、ハイスクールのチャリティーディナーですからカジュアルでかまいませんわ」とはいうものの、ケニーはＴをポロに着替え、ソックスをはきスニーカーに履き替えるだけの時間はもらった。

メイの独白

解凍したスメルトとフライパンに溜めたオイルを見て、私は彼が何を準備していたか分かった。実のところ私は魚が好きで、高温でカリッと揚げたテンプラは大好きであった。でも今晩はもっと重要なミッションがあるわ。
・・・
「電気はオフ、魚はサランラップ、オイルはオイルパン」と、指差し呼称で安全を確認し出かけることになった。どうやらメイの電撃は成功したようである。
ケニーが中国系と見える熟年レディーの運転するインフィニティーに乗って去っていくのをオーシャンフロントの連中はいぶかしがって見ていた。「おい、見たか、あの彼女、ケニーよりウエイトあるぜ、何処にいくのだろう？」とミルウオーキー男がキャロウエイに聞く。「いままでケニーを訪ねてきたレディーはいなかったし、想像はつかないねえ」「ひょとしてこれは拉致か？」と海軍基地教師が警戒心から口をはさむ。
「地上でのハイジャックね、でもこれから面白くなるかもしれないわ、女の感だけど」とパイロットの妻がささやく。夕食前の薄明りのオーシャンフロント・アパートメントのコートに集まったギャラリーは勝手に想像をかきたてた。２匹の白いグレイハウンド犬を散歩させていた老人クラブのクララもこれを目撃した一人であった。「あの女の態度と雰囲気、これはもうはっきりしているわ、ケニーの肉体は危ない状態にある、確信できるわ」と想像をもう一つ発展させた。

「ケニーにいつかどぎつく忠告してあげなくては」

・・・

その夜の「マイクロネシアの夕べ」の郷土料理は二人を十二分に満足させた。ケニーの一番のお気に入りはパラオ諸島から出品されたタピオカのプディングであった。

「メイ、この粒粒のタピオカって一体なんなの？」

「スターチよ、芋から作るわ、はじめて？」

「たぶんはじめて、聞いたことはあるけど。いくらでも食べられるね」

メイの独白

やはり不思議な性向を持った男であった。タピオカが気にいったと見えて、デザートにこれを繰り返し食べている。

私達が各島の料理を食べ歩いた後、またパラオ諸島のコーナーに戻り、それをねだっている。そうなるとパラオ出身の女性は喜ぶ。この男、単に無邪気なだけでなく、無邪気にも人を喜ばすテクニックを自然に持ち合わせているのかもしれない。まあ、悪いことではないけど。

・・・

屋外の芝の上で少年少女達のファイヤー・ダンスが始まり、二人はセットされたパイプ椅子に腰かけ見学した。合計30名程度の6,7歳から13,4歳までの少年少女で構成された一団である。少女達は腰蓑とココナッツのブラ、少年は腰蓑のみ。打楽器に合わせ、芝の上で演じられるファイヤー・ダンスはリゾートホテルの舞台でのそれをはるかに超えた統制と微笑ましさと伝統への敬意が織り交じった素晴らしいダンスであった。40名ほどの観客は十分に魅了された。

続いて、およそ2メートルの長さの弓形に湾曲した細木に一本の弦が張られた楽器が紹介された。細木の中央には空洞のココナッツが2個ぶら下がっている。弦がスティックで弾かれると細木の振動がそのココナッツに共鳴し音を奏でる。弦を片手で押さえ音階を調整する。素朴なチャモロの一弦楽器から醸し出された細く篭った音が暗くなった夜空に響き、「マイクロネシアの夕べ」に色を添えた。途切れることなくパフォーマンスは続き、高校生バンドによる演奏がはじまり、各島の歌が声量豊かな若い女性によって歌われた。「これ、フィリピンの歌よ、私、好きよ」とメイがささやいた。二人はその夜の少年少女の素朴なパフォーマンスを十二分に満喫した。それはリゾートホテルでのショーと違い聴衆の心をなごます副作用を持っていた。メイのパールハーバーは見事な結果をもたらしたようであった。

「自然の音がやっぱりいいね、あのPIC リゾートの人工的な電子音はどうも苦手なんですよ」

「よかったわ。あなた、今夜はだまって帰る必要がないってわけね」

「歩いて帰ってもいいけど、ここからだとちょっと遠すぎますね」

帰途、インフィニティーのカセットからはニホンゴ・英語会話が流れていた。

『わたしはコーヒーを飲みます I drink coffee. ミルクを入れますか？Do you like milk?・・・・・・・・』車がハガーニャ

の交差点にさしかかった時、メイが目的の会話を切り出した。
「この前話したニホンゴのレッスンの件ですが、如何ですか？　それとレッスン・フィーは幾らか教えてくれませんか？」
「あの時は無償と言いましたけど、やはり私の時間を使うわけですから、有償にすべきだと思い直しています。でもいくらが適当なのか？」

ケニーの独白

実際のところ１時間あたり幾らがいいのか、俺には想像できないよ。困ったなあ。マクドナルドの時給を引き合いにしたら、俺の授業がチーズバーガー並になり、知的な労働に対する侮辱になってしまう。ところが知的といっても教えたことないし、さてどうしたものか？
・・・
この夜はメイにとってサイコロはいい方向に転がっていたのである。ケニーはこの夜食べたタピオカのデザートをまだ忘れられないでいた。広汎性発達障害の常であって、一度インプットされた味のメモリーが彼の頭から離れることはない。しかも彼はこの一つの味から次の戦略を組み立てようとしていたのである。時として彼の発達障害はイマジネーションの連鎖へと純化していく傾向をもっている。彼にとって障害は必ずしも障害になっていないのである。
「どうでしょうか？　現金ではなく物、その、何かデザートのような一品の料理で授業料に変えたいのですが？　くれぐれも決して大げさなものでなく、食後の一皿になるものがいいです」この申し出にはメイは驚いた。
「どこまで意表をつくことを考える男なんだろう。でも決して悪い申し出ではない。最初は彼のいう様に何かデザートの一皿にしておこう。だけど私はサイゴン・チョロン出身のチャイニーズだ。広東州順徳出身の私の家庭の伝統とメコンデルタの香草が育んだベトナム風広東料理の魅力に彼がどこまで耐えられるか、これは見ものだわ」とメイはほくそ笑んだ。

「ワカサギ定食などちょろいものだ。とんかつ定食だって10分もあればイチコロだ」とうそぶくケニーの料理には一つの泣き所がある。彼はデザートこと甜品（ティアンピン）に目が無い。そのくせそれを作る技量がないことだ。スーパーで甘さだけが取り柄のキャロットケーキか、缶の杏仁豆腐を買ってくることしかできない。3コース（前菜・メイン・デザート）の黄金の組み合わせができないのが彼の弱点であった。「下手に授業料のキャシュを得てもね？　どっちみち買い物して自分で料理するのだから。案外現物の申し入れの方が得かもしれない」これがケニーの計算であった。ケチにできている。

お互い先行きの計算がかみ合い、二人は早速次週からの火・木・土、午後1時から2時間のカリキュラムに合意した。

「来週のデザートは何がいいです？参考までに教えて」

「タピオカのフルーツジェリーがあれば最高です」

どこまでも単純な男である。

ケニーの苦闘

個人授業のチューターであれ、トレーニング・クラスのインストラクターであれ、教えることは決して容易なことではない。引き受けたからには中途半端なことはできない。何を、どうやって教えていけばいいのか、ケニーはシリアスになった。

「なにかテキスト代わりになるものが必要になるかもしれない」と思い、タムニングのITCビルにある日本人会図書室に出かけ、それらしきものを探した。

「たしか、平仮名は読めると言っていたっけ」と思い起こし、何冊かある幼児用の絵本を見てみたが、役に立ちそうには見えなかった。

「本を読むなんて眠くなるだけだ。まして午後１時の開始だ。だれだって昼寝がしたくなる。寺子屋式の座学は止めよう。授業はアクティブに一対一の会話形式でいこう」と結論した。彼には思いつくものがあった。「そうだ、最初の授業は正式な自己紹介にもなるからラップトップを使おう。ワープロの画面にその日の授業のトピックをいくつか書いておき、それを追って会話を進行させよう、決めた！」

ケニーはワープロに向かい自分の日本名、年齢、出生地を漢字でタイプし、昔の職業、趣味を付け加えた。「これらをキーワードに会話を進めていけば、２時間は早く過ぎるであろう。また、会話が進めば、メイが聞きたいことも分かってくる。そうなれば、それをトピックにまた次回の授業を進めることができる」ケニーはそう思い、準備した。

広汎性発達障害とはいえ、ケニーは決してイマジネーションに不自由はしていない。いや、むしろ独創性をもっている。ワープロ画面にその日のトピックをリストアップして、それをキーワードとして会話を進めていくなど、語学教育への革命的な挑戦であるかもしれない。その意味で彼の障害は高機能型・広汎性発達障害と呼ぶのが正解であろう。

メイの独白

その火曜日の午後１時に私はノート一冊を持ってオーシャ

ンフロント・アパートメントに彼を訪ねた。彼はラップトップを使い、その画面で自己紹介をした。私も1975年にベトナム難民としてグアムに来たこと、一度目の結婚生活は離婚で終わり、二度目は死別に終わったことを話した。さて、私は肝心なことを質問しなくてはならなかった。彼のプライベートのことだが、聞かないという手はなかった。直接的な表現もどうかとためらい、そのせいであろう、私の口からでたのは中国語であった。為什么来關島嗎？（どうしてグアム島に来たのですか？）と聞いてしまったのだった。彼はラップトップの画面から少し目をそらし、言うべき言葉を探した。私は、しまった、悪いことを質問した、と後悔したがもう遅かった。

彼は笑いながら、我的太太不要我（妻に見放されたのです)、と言った。なんとケニーは為什么(ウエイシャンマ)（どうして？）という疑問詞を理解していたのであった。シンディーが言っていた、彼、少しマンダリンができるよ。そのことを思い出した。彼の発音と声調は正しくはない。が、アメリカンの英語グセのついた中国語よりははるかに上であった。案外、この男、仕込めば中国語が上達するかもしれない、私はある野望を感じた。それにどうも、オクサンとは縁が切れているみたい。これも一つのボーナスだわ。

・・・

ケニーの独白

痛い質問だなあ、でも妻の事は事実を言うしかない、それに、もう日本に帰ることもないのだから。ただ、驚いた。俺の口から中国語が出てくるなんて。自分でもほんとに驚いた。

でも、この秘めた過去の事。これは口外できない。

・・・

若い男女ではない。二人とも60歳を超えた年齢だ。二人は自己紹介を終え、落ち着きを取り戻し、これからの授業内容を話し合った。

「どんな内容で会話を続けていきますか？　それとも何かテキストをつかいますか？」

「あなたが、その日のトピックを決めてください。例えば、レストランに行った時のこととか、旅行で入国審査を受ける時とか、ホテルのチェックインとか、そんなシチュエーションの設定で会話を進めていくと、私の希望にピッタリです。テキストは駄目ですね、学校になりますから」とメイは告げた。

「彼女は習い方をよく知っている。とにかく一対一の会話を続けていこう。せっかくの個人授業だ、学校の真似をしてもつまらない」ケニーは彼女に同意した。

その日は、更にニホンゴによる自己紹介、家族の紹介を続け、平仮名を読めるメリットを利用し、ケニーは次々とワープロ画面に会話を書いていった。時々は漢字を交え、その読み方を教えていった。

「あなたが最初に日本語を習ったのはいつですか？」

「14、5歳の頃です。チョロンの一角に日本人の先生がいました。そこで習いました。60年代の始めはサイゴンの市内は平和でした。私のように、少し成功したチャイニーズの家庭では学校に通う他に、英語とか、フランス語とか、親に勧められて私塾に通うのが慣例でした。私はダンスと、ニホンゴと、クリスチャンが教える英語の塾にいったのです。でも週に一度でしたから、すぐに忘れましたけど。塾ではそれぞれの生徒はニホンゴの名前、英語の名前を先生からもらいました。その名前で呼び合うのです。ニホンゴ塾の名前は、カズコ。英語塾ではメイでした。メイはその後パスポートの名前に変わりましたけど」

「カズコはどんな漢字ですか？　それと日本人の先生がいたのですか？　知らなかったなあ」

メイはノートに和子と書いた。たしかに、これはカズコであった。ケニーの歴史探索思考回路がスキャンを始めた。この名前は俺の世代の名付けではない。俺達の親の世代の名前付けだ。

「その先生は幾つぐらいの年齢ですか？」

「そうですね、その頃は50歳過ぎでしょうか、そんな年齢だったと思います。奥さんは中国人でした。奥さんのことを『私のオクサン』と呼んでいたので、私今でもオクサンって言葉を覚えています。オバサンという言葉も知っています。その先生はもともと日本の軍人で、そのままベトナムに残った人です。でもコミュニストではなかったと思います」

ケニーの独白：

面白い話であった。「つまり、これは戦争後の残留軍人か？たしか、何人かの仏印駐留の日本軍人が対フランス解放戦争に従軍したとか聞いていたが、そうして生きた人がいたんだなあ、これも隠れた歴史だね」ケニーは授業が楽しくなるのを感じた。

・・・

２時間の授業はあっという間に過ぎた。どうやら二人は実りのある語学を実践したのであろう。ケニーも真面目であり、勿論メイもそうであった。その日の終わりに彼女が手渡したデザートは二品、タピオカのプリンと中華風の甘い餅であった。 オーシャンフロントのケニーのユニット前にシルバーのインフィニティーが駐車し、住民は、何があの部屋で起きているのか、だれ語ることなく想像と興味をもって２時間余りの密室を見守るしかなかった。やがてドアが開き、一目で中国風と分かる妖艶な顔立ちの太目の熟年女性が現れた。ケニーは無邪気にも「再見」と見送り、住民の見ている中、彼女の車は去っていった。さすがにその餅は小食の彼一人では食べ切れる量ではなく、住民におすそ分けしなければならなかった。タピオカのプディング？ 彼がこの貴重な一品を手放す理由はなかった。

3章　波状攻撃

メイの独白

予期していた以上の授業だった。まさかラップトップでタイプしながら会話のトピックを設定していくなど、私は想像はしていなかった。彼の食卓は麻雀卓程度のサイズであった。彼の位置が東局であるならば、私の位置は南局だ。時計回りで彼の下手にあたる。その東と南の角にラップトップが置かれた。彼は少し左側に身をひねりながらタイプしていく。いやがうえにも二人の距離は近づき、彼の左腕と私の右腕の接触は容易になる。彼の腕の体温は意外と高かった。今度は少し悩ましい香水をつけていくか？　いや、悩殺はまだ早い。あの線香花火で終わった日本海軍のパールハーバー作戦の愚を繰り返してはならない。奇襲は成功して当たり前、問題はその後の執拗な波状攻撃の成否に関わっているのだ。それにしても彼の教える態度は真摯だ。辛抱して私にできるだけニホンゴを話させようとしてくれている。

緊張感のあった第一日目であったが、できる限り話してみたいという私の意図を十分に汲んでくれ、その日の授業はあっという間に過ぎていった。やはり２時間の会話の効果は大きい。その日の帰り道、車のカセットから流れるニホンゴがいつもよりは明瞭に私の耳にはいってきた。それと、もう一つ大事なことを確認した。彼はオクサンから捨てられたといっていた。まさかウソではなかろう。それらしい写真一枚すら飾ってはいない、ラップトップに残してある写真は彼のお嬢さんの写真だけであった。唇、目もと、間違いなくケニーに似ていた。

・・・

どうやらメイに学習意欲が目覚めたらしい。その日の授業の前、彼女はタムニングのオカプレースと呼ばれるショッピングプラザにある日本製品専門の百円ショップ、正確には1ドル95セントショップだが、に立ち寄り、小学校低学年用の平仮名、カタカナ、いくつかの漢字の混じった文字練習帳を買った。その日の一品は家を出る前に揚げたばかりのベトナム風の春巻きだけだった。「一品ではさみしいわ」と思い、店の中を物色すると日本のピクルスのパックが見つかった。「キューリ・ノ・ツケモノ」のラベルを見ながらしばし考えた。

「これは、カタカナだわ、彼に聞いてみよう、私はまだカタカナを完璧におぼえていない、速読ができるようにならなくては」彼女の学習意欲は間違いなかった。

その日の彼女の朝は多忙だった。ステーキハウス経営から引退して半年が経っていた。島の北部、ジーゴ村にある母屋は娘夫婦に貸し、その隣に棟続きのワンベッドルームのアパートを増築し、そこに住んでいる。半エーカーの敷地にはバナナ、パパイヤ、マンゴー、レモンの果樹を植生させ、さらにはポットの花壇、併せてナス、トマト、スイートポテトの菜園を設けている。気温が上昇する前の早朝から庭仕事を始め、午前中2時間は働く。結構な仕事量だ。グアムの植物の成長は早い。不要な枝の伐採、菜園の雑草の除去と散水、たえまない花ポットの配置換え、結構な労働量だ。そんな彼女の日常に授業料代りの一品作りが加わっていたのである。

ケニーの独白

第一日目から念願のタピオカのプディングが手に入った。現金をもらってもいずれ食糧に化けるわけだから同じことか。それにつくる手間も省けるので案外現物支給のほうが正解だったかもしれない。

デザートから始まった一品は、授業の進行とともに次第にエスカレートしてきた。五香粉スパイスを効かせ長時間煮込んだとろけるような豚の広東風紅焼肉が持ち込まれ、魚醤に漬け込んだ鶏肉のベトナム風つくね焼きが続いた。デザートどころか、夕食を作る手間すら不要になったのである。極め付きはマヒマヒなる大型魚の頭であった、つまりオカシラだ。ある日彼女は車から大鍋を取り出し、台所に持ち込んだ。

「フィッシュ・ヘッドよ、食べたことある？」

その煮つけは生姜と香草で巧みに魚臭さが消されたなかなかの優れものであった。まさかグアムの地でオカシラがいただけるとは？　一晩冷蔵庫で寝かせ「煮こごり」をつくり、こいつを熱い飯にぶっかけたらいったい何杯お代わりができるであろうか？　大鍋のマヒマヒは一回の食事で消化できる代物ではなかった。プロセスエンジニアらしくそのリサイクルを考えてみた。ブリでできるならマヒマヒだって可能であろう。と思い、スーパーで大根を一本買ってきて、ブリ大根ならぬ、マヒマヒ大根に作り直しを試みた。勿論味醂酒で甘みを強化した。

日を改めて現れた彼女に「どう一口食べてみない？　日本の伝統料理のひとつなんだ」とすすめてみた。

「これは、ダイコン・ラディシュね。とてもおいしいわ。日本料理は野菜が多いので好きよ」

個人授業が２週目を越すころ、一回２時間の授業を３時間に増やしてくれとの申し入れがあった。３時間だって！ 教えるのは疲れるものである。２時間であっても彼女が帰った後はぐったりしてビールの一本で頭を休めなくてはならないのに。しかし、エスカレートする食糧作戦に圧倒されて反論はできなかった。収賄の弱みを握られたのと同じになってしまった。賄賂代わりにブリを贈る習慣が日本の何処かに残っている、そして収賄で籠絡させることを「ブリをきかす」という。とうとうグアム島でケニーは「マヒマヒをきかされて」しまった。そのあら煮にまけてしまったのだった。珍味と美味の波状攻撃でケニーの防衛能力は相当破壊されてしまったらしい。

・・・

クララのハラスメント：

ケニーのアパートも私のアパートも同じ広さのワンベッド・ルームだ。そこにチャイニーズらしき豊満な、そして残念ながら私よりはるかに若い女性が昼間から２時間も篭るようになってもう３週間目にはいった。リビングルームとはいえ、そことベッドルームはドアひとつで区切られているだけだ。オーシャンフロント・アパートメントは口さがないコミュニティーだ。住民は好き勝手につぶやいている。まさかそのベッドルームで何かが？

私とてゲルマンの血を引き継いでいる。しかも年とともに、ゲルマンの女は言葉使いに大胆になっていくのだ。ここはひとつ彼にハラスメントをかけてやろう。シニアー・ハラスメントだわ。

「ハイ、ケニー。一体あの女性に何をしているの？」

「ニホンゴを教えているんだよ」
「ビー・ケアフル、She wants your body」
ケニーは口をポカンと開けて当惑の表情を見せていた。
・・・
口さがない噂はそれとして、ケニーとメイのニホンゴ教室は順調に進行している。彼らには一つの共通した利点がある。それは漢字の使用である。メイが彼の言葉を理解できない時、彼はただちにラップトップの画面に漢字とひらがなを書き、意味を説明していく。漢字の読み方は違っていても大まかの意味をメイは推測できるのである。いま彼らの会話風景を覗いてみよう。どうやら日本での入国審査をシチュエーションにしている風情だ。
・・・・・・
審査官ケニー:「あなたの旅行の目的は何ですか、観光ですか、業務ですか？」
旅行者メイ:「カンコ—ってなんですか？　ギョームもわかりません」
そこでケニーはラップトップに平仮名入力をして漢字変換する。すると彼女はたちどころに理解するのである。さらに彼女はその文字をノートに書き取り、読み方を添える。一歩一歩ではあるが彼女は確実に日本語のボキャブラリーを増やしている。
二人のニホンゴ会話は時として脱線する。
審査官ケニー:「あなたは子供がいますか？　何人ですか？」
メイ:「５人います、全部娘です。一番娘の名前はジーナで、二番娘はジュリーです。二人ともシアトルに住んでいます。三番娘は……」
と話は脱線し、授業は二人のおしゃべりタイムと化してゆく。

一体どこの国の入国審査官が旅行者の子供のことなど訪ねるであろうか？

メイの帰りを見届けるとケニーは疲労感を強く感じた。すぐさま冷蔵庫のドアを開け、フィリピン産のビール、サンミゲールの缶をプチンと開け、渚を見下ろすパティオの椅子に腰かけ一気に飲み干さざるを得ない。おしゃべりの後の疲労感、ハガーニャ湾を渡るそよ風、サンミゲールの一缶が呼び水になり二缶目が続く。ケニーの意識は湾の上空を漂い始め、「おっと、飲み過ぎちゃあまずいぞ、晩飯の支度をはじめなくては」と良識に問いかけるものの、「今日は牛肉入りのあんかけ焼きそばを持ってきてくれた、おまけに何やら餅らしきデザートがついていたはずだ、これなら晩飯の支度は不要だな」の結論に落ち着き、サンミゲールは三つ目の缶になってゆく。

ケニーのリタイヤーの日々は自然体だ。波が寄せ、波が引く、大陰暦そのもののリズムで時が刻まれているのであった。

ケニーの独白

おしゃべりタイムが入っているとはいえ、やはり３時間の経過は長いものである。その時間をもっと手抜きできないものか、現役時代にプログラムのトレーナーをやった時はどうしたっけ？　実習を織り込んでいた。生徒に実習課題を与えて、俺は手抜き・休息・コーヒータイム。だがこの実習ってやつは生徒にとってもメリハリがつく。この手を使ってみるか？で、ところでいったい何の実習をするのか？　手始めに味噌汁の作り方を実習させよう。考えてみればグアムにきてからはずっとインスタントで済ませていた。ここはひとつ一挙両得、作り方を教えるだけではなく、俺も本格的な味噌汁を堪能してみよう。

・・・

翌日、ケニーは東京マートに走り、だし昆布、だしカツオ、マルコメ印の味噌を買い求めたのであった。

メイの独白

いつものように一対一の会話がはじまった。脱線しないようにしなくては。今日は新橋にあるホテルのチェックインが場面だ。彼がフロントマンの役をしている。実際に私は昔、香港からのツアーでそこに宿泊したことがあった。確かダイイチ・ホテルという名前だったけど、まだあるのだろうか?90年代の終わり頃だったろうか、ずいぶんとコンパクトな部屋であったと記憶している。

・・・

フロントマン:「メイ様ですね、二泊でよろしいですか?」

メイ:「ハイ、二泊です」

フロントマン:「ノースモーキングですね?」

メイ:「ハイ、タバコは吸いません」

本日の会話は脱線なく進みそうであった。

フロントマン:「お客様はウオシュレットのお部屋にしますか?」

メイ:「ウオシュレットは何ですか?　わかりません」

メイがそう答えると、ケニーはしばらく考えてこういった。

「たぶん厠所快楽（ツー・ソウ・クワイ・ラー）というのかもしれません、でもアイアム・ノット・シュア—」メイもしばらく考えた。

「新年快楽ではハッピーニューイヤーになってしまうわ。いったいケニーは何を言っているのだろうか?」

「えぇっと、シャワーの付いたトイレのことです、使ったことありますか、とても快楽的、気持ちいいですよ」そう言われた彼女は気が付いた。あの感激的なまでに快適な日本式トイレのことを言っているだ。

メイが、いつかは自宅に取り付けたいと思っている例のものだ。グアムではレオパレスゴルフ場のトイレがそうであった。

メイ:「わかりました。ウオシュレットの部屋にしてください。値段は高くなりますか?」

フロントマン:「同じ料金です。お好きなだけウオシュしてください。お客様、お支払いは如何しますか?」

メイ:「クレジットカードです」

メイの独白

どうやら今日も脱線しそうな気がしてきた。それにしても厠所快楽とは。

本物の中国人とて考えつかない言葉だわ。これじゃあ、私が中国語を教えてもらっているみたい。想像力が豊かなのであろうか? それともこんなタイプをニホンゴでバカバカというのだろうか? いつか彼に言ってやろう。

・・・

会話の練習が一区切りしたところで、ケニーはメイに一つの提案をした。

「メイ、今日は料理の実習をします。ミソスープを作ります。好きですか?」

「えっ、ミソスープですか? うれしいわ、とても好きです」

「OK、それはよかった。チキンスープのように3時間もコトコト煮込む必要はありません。10分で出来上がります」

10分で出来上がるとすれば、確かにケニーのいう如く世界で最短時間のスープ料理であるかもしれない。しかもその味と香りは食欲をおおいにそそる。大した優れものである。メイは好きではあったが、まだ自分で作ったことがなかった。

「一体あの旨み、ブロスをどうやって出すのだろう」と常日頃不思議に思っていた。その秘密が思いがけなく今日解き明かされるのである。彼女は軽い興奮を覚えた。

ケニーのクッキング・エンジニアリングを覗いてみよう。彼はカップ一個半の水をアルミ製の小鍋に入れた。そこに黒い帯状の小片をほうり込み沸騰させようとストーブのスイッチをオンした。袋に残ったその帯をちょっと切り取り、「噛まなくてもいいです。舌先で舐めてみて」とメイに勧めた。

「あっ、これシーウィードですね。旨みがあります」

「これが昆布シーウィードです。覚えて下さい、コンブ、英語ではケルプ」

メイは早速その言葉をノートに取った。

「コンブのブは点々がありますか？」

ベトナム生まれの彼女の耳には、日本語の清音・濁音・半濁音の聞き分けが難しいのである。

「点々があります。KONBU です」

小鍋が沸騰を始めると、ケニーはもう一つの袋から木の切り屑のようなものを一掴みほうり込んだ。

「それフィッシュですね、分かります」

「そうです、これはカツオブシ。乾燥させたボニトーです。一口味見してください」

メイはその一片を口に放り込んで噛んだ。噛むほどに濃厚な旨みが湧き出た。それと同時にフィシュの臭いが口中に広がった。

「味はいいですけれど、臭いが強いので好きナイ」

「この場合は、好きでナイ、と言ってください」
たとえ料理の実習中であろうとケニーのニホンゴ授業は続いている。
「大丈夫です、魚の臭いは味噌で中和されます。見てて下さい」
30 秒ほどカツオブシを煮立てた後、ケニーは金網のストレーナーを使いそのブロスをボウルに分離させ再び小鍋に戻した。
「さあ、これでミソスープの準備ができました。あなたは豆腐と長葱を切ってください。ところでこれまで何分経ちましたか？」
「5 分くらいですね。豆腐の大きさはこれくらいでいいですか？」
「OK です。では鍋に放り込んでください。味噌ペーストは二人でティースプーンに一杯です」
「ケニー、その味噌ソペーストは塩分控えめですか？」
「勿論です」
味噌を溶かし、ほんの 10 秒ほど煮立てるとミソスープはできあがった。甘く食欲をそそる味噌の香りがフィシュとシーウイードの臭いにとって代わった。
小鍋の表面には濃い緑に輝く長葱が漂っている。トータル 7 分で二人分のミソスープが完成されたのである。なんというマジックであろう、しかもそれは MSG ことモノ・ソデューム・グルタメート（グルタミン酸ナトリウム）の添加のない、全くのナチュラルなスープなのであった。

メイの独白

とても美味しいミソスープであった。レストランで出される黒いお椀ではなく、マグカップに注いでくれたのは愛嬌だったけど。でもそれで味が変わる訳ではない。私とて、レストランのオーナー兼シェフであった。味は分かる。帰り際に昆布とボニトー、それに味噌ペーストを少々お土産に頂いた。明日の朝早速作ってみよう。

娘も好きなはずだ。でもあのマルコメ印のトレードマークの小僧は何なんだろう？　スキンヘッドだから、仏教徒のキッドに違いない。何故それがミソペーストに使われているのか？日本の文化にはまだ分からないことがたくさんある。でもまあ、いいか。

・・・

それから２日後の授業日のことだ。メイは段ボール箱を抱えて現れた。その箱には日本料理の盛り付けにピッタリと合った小さめの皿、飯碗、イミテーション漆器の汁椀、コーヒーカップセット、グラス、ナイフ・フォーク・スプーン・箸の武器類、相当の値段はするであろう鋭利なクッキングナイフが詰められていた。二人、乃至は三人用を満たす分量であった。御愛嬌にもう一つの段ボール箱にはトイレ洗浄リンス、ブラシ、トイレットペーパー24巻、キッチン用ペーパータオル３巻が詰められていた。つまりは台所用品とサニタリー用品の一式がケニーに贈呈されたのであった。それまで一人の生活を満たすだけのケニーの生活用品が一挙に二人用に飛躍したのであった。

ケニーの独白

まいったなあ、これじゃあ所帯道具の持ち込みじゃあないか。まあ、これからまた何か料理実習はするけど、何だかプレッシャーを感じてしまうよ。そりゃあ、楽しい生徒さんで、香水の匂いの参上はありがたいけれど、所帯道具を頂くなんて、どう考えたらいいのだろうか？　それとも俺の考え過ぎなのだろうか？　でも、頂くものはありがたく頂いておこう。

・・・

ケニーの戸惑いにもかかわらずメイの波状攻撃は物量を伴ってエスカレートしてきたようだ。手作りの一品料理に代わって彼女の菜園の恵みが持ち込まれるようになった。トマト、ナスに続き、なんとスイートポテトの若葉が現れたのにはケニーも驚いた。大きい目の茎はきれいに取り除かれてあった。

「とてもおいしいですよ、さっと油で炒めて塩を一掴み、結構いけますよ」

ケニーはインスピレーションを働かせた。

「テンプラにしましょう、オイルを買ったばかりです」

「えっ、テンプラですか！　美味しい？」

「勿論」

これはウソである。ケニーはスイートポテトの若葉などテンプラにしたことはなかった。食べたことさえなかった。そもそもスイートポテトこと、さつま芋は一番の苦手であった。ケニーの幼少時1950年,60年当時は日本の食生活はもっと簡素で、エコで、有機農法的で、自然食で、部分的には自給自足であった。南側に瀬戸内の穏やかな海を見下ろす斜面に彼の祖父が建てた家がある。そこには菜園が付属してあった。、その広さは坪数で300坪程度の菜園である。一部を桃とイチジクとビワの果樹にあて、一部を野菜に割り振ってあった。いや、彼の記憶によれば冬まきの小麦さえ栽培してあった。子供の頃、初冬に麦踏を手伝わされた記憶がある。

温暖な気候に恵まれたその菜園のさつま芋の収穫はいつも

満足できるものであった。それは時には軽食となり、テンプラとなり、米を補う主食にすらなった。しかしながら遊び盛りのケニーの食欲はこの繊維質に富み、かつ空腹を満たす万能の野菜を超えた所にあった。腹が満たされる一方で動物性タンパクへの欲求が強くなるのであった。10歳をいくつか超えたころ「もうイモはいやだ！」の心理的トローマが彼に残ったのである。正確には彼の母のトローマの方がもっと深かった。大戦の後の食糧難の時代、彼の母は何度『芋粥』を食べたことであろうか？　ケニーが15歳の頃、祖父そして祖母が相次いで亡くなった。母はさつま芋に割り当てられた菜園をジャガイモに変えた。

「あのお芋だけは、もう見るだけで胸やけがしてきたわ」

この母の言葉を彼は共感できたのである。その後食卓にはジャガイモメニューのカレー、ひき肉コロッケ、肉じゃが、ポテトサラダにフライドポテトが並び、さつま芋は完全にケニー一家から、そして彼の食材からフェード・アウトしたのである。

時代は移り、食の好みも、その価値も変わる。恐れていたさつま芋の悪夢が蘇ったのは彼が50歳を迎えるころであった。なんという因果、めぐりあわせ、カーマであろうか。ケニーの息子の好物がさつま芋であった。学校から帰ると息子はさつま芋をマイクロウエーブに入れ、チーンと焼き上げ、彼のスナックにするのであった。これがケニーをして、日本を離れ、米国に向かう動機の一つになった。古代ユダヤの民の出エジプトの如き、さつま芋からのエクソダス（脱出）であった。それから、十数年経ったいまですら、グアムのスーパー、ペイレス店で見かけると胸やけが始まる。それほどまでにさつま芋が彼に残した心の傷は大きいのであった。

メイの独白

スイートポテトの若葉のテンプラとは。ジャパニーズは不思議な食性をもっているのだろうか、いやこの男の感覚が特殊なのであろうか？　私とて広東人、たいていのものは食材にする習性をもっている。但しそれらは動物性蛋白だ。いったい若葉のテンプラとは？

彼は小麦粉をボウルにとり、水を加えて溶き始めた。スプーンを回しながら溶き加減をチェックした。一方でフライパンのオイルの温度は上昇し、彼はその溶き粉を一滴オイルの中にたらし温度を確認した。

「OK、いい温度です、一瞬で若葉のテンプラができあがりますよ」

まったくそのとおりであった。溶き粉につつまれた若葉の塊が油のなかに落ちる。ジュッという音が弾け、若葉の塊が油の表面に上昇してくる。緑色の若葉は更に鮮やかな深緑に変化する。彼は若葉を裏返しにしてほんのわずか加熱を続け、ペーパータオルを敷いた皿に取り出す。すると深緑の若葉にわずかに茶色の焦げ目が筋をつくる。見事なテンプラであった。

「たまには菜食、ベジタリアンでいきましょう」と彼は言った。私が持ち込んでいたイミテーション漆器の汁椀に飯をよそい、その上にスイートポテトの若葉のテンプラを乗せ、テンプラをつくる間に手際よく用意した天つゆ・テンプラソースをかけた。

「これ、スイートポテトの若葉丼といます。キョートの有名なお寺の名物料理です」と言った。本当だろうか？　グアムの日本料理店でカツ丼を食べたことがあったが、とてもおいしかった。でもお芋の若葉丼って、ホントにあるのだろうか？
お寺の料理って言っていた、だからベジタリアン・ディッシュ、『素菜』の事だろう。グアムのお寺、關島佛光山の食事はベジタリアンだ。きっとキョートのお寺もそうなんだろう、納得。
ソースに絡まったライスを若葉で包んで口に一口入れた。若葉の歯触りのよさ、それを噛むと口中に広がる甘い香り、とても美味！そして私は身も心もヘルシーになっていく錯覚に陥った。決めた！今度は若葉ではなくてスイートポテト・をもってこよう。彼もきっと好きなはずだ。絶対さつま芋をもってこよう。

4章　接近戦

60歳を超えた熟年同士の児戯にも似た交際はそろそろ2ケ月目に入った。ニホンゴ学習という名目と目的があったとしてもそれは男と女の交際に他ならない。知人を介してのブラインド・デートの夜からこの二人はお互いの好意を感じ始めている。つまりお互いに惚れつつあるのだった。しかし一つの冷厳な事実があった。二人は童子でもなく、乙女でもない。さりとて精気あふれた年頃の男女でもない。冷厳な事実、それは二人とも欲求を制御できる年齢に達していることだ、いや正確にいえば衝動に走る勇気を失いつつある年齢なのだ。とはいえ、惚れつつある気持ちを捨て去ることはできない。十分な健康に恵まれている二人がともに『接近戦』を決意したのは自然の摂理であろう。

メイの独白

先生役であるに加えて、気さくで話の弾むコンパニオンであった。物量作戦で押し切ろうとしたら、ミソスープとテンプラのカウンターを受けてしまい、私の心は傾いた。私は味に弱い。ある日彼を連れ出してペイレス店売出しの宝くじの結果を確かめに行ったらなんと、500ドルの当たりであった。広東人の直感で言おう、彼は開運の男なのだ。一体この先、先生と生徒の純な関係で終わるであろうか？　そうとは思わない。ならどうするか？

男女のことを思う時、私の記憶は生まれた土地サイゴンのチョロン地区に飛ぶ。
広東省の順徳出身の両親の間に生まれた私は13番目の、そして最後の子供であった。両親は自転車、その後はバイクの販売店を経営し幾らかの財をなしていた。13人兄弟姉妹の13番目に生まれた私はたいてい姉、または兄のどこかの家で暮らし、自由に育った。その当時の中国人の家庭の娘がそうであるように両親の勧める相手と結婚をしたのは20歳になったばかりであった。夫は私より12歳年上の腕のいい電気・空調のテクニシアンで、あっという間に二人の娘が生まれた。その頃は戦争の行方もあらかた予測できるようになっていた。75年4月のサイゴン陥落の2ケ月前に私達一家はベトナムを棄てる手筈を整えていた。私は24歳になったばかりでお腹に3番目の子供、実際は双子であったので3、4番目というべきだが、を宿し、まず香港に出た。二人の幼い娘、夫、そして私の4人であった。
75年の4月が来る以前から中国人コミュニティーはベトナム脱出の方策と資金の分散を練っていた。私達は以前から香港に財産を送り、その後無価値となった南ベトナム通貨がまだ価値のあったうちに香港ドルに交換して、現地の銀行に眠らせていた。香港には仲の良かったすぐ上の姉が学生の頃から滞在し、私達のベトナム脱出を助ける算段をしてくれていた。彼女はグアムに駐在する米軍軍属を私達一家の身元引受人ことスポンサーとして確保してくれた。この姉の才覚には感謝しなくてはならない。難民ビザを手にして香港から空路でグアムに飛び、そのスポンサーの助けでハガーニャ地区の小さなアパートを借り、私達一家のグアム生活は始まった。夫は海軍基地の電工の仕事を見つけ、私達の生活はそれほど惨めなスタートではなかった。少ないながら事業資金の幾らかは準備出来ていた。やがて夫は車の空調に仕事を変え、AC修理ガレージを経営するようになった。戦争が完全に終結するとともにグアムには観光産業が芽生えてきた。グアムの経済が上を向いてきたのである。そんな中、チャモロ、フィリピーノが住民の多数を占めるこの土地で腕のいい、働き者の広東人の夫が商売を上向きにさせるのに時間はかからず、彼のガレージには修理を待つ車の列が絶えることはなかった。その当時、車の AC 修理を専門とするガレージは無かったのであった。AC なしの車？　グアムでそれは考えられない。

私達一家は短期間でそれなりに豊かになった。もう子供達も５人になっていた。見た目には幸せな家庭であろう。でも皮肉なことに、そこに私の苦悩があった。事業欲旺盛な男に一つ言えることがある。事業が成功への道を歩み始めると必ず外に女をつくることである。ギャンブルに走るのは並以下の男だ。成功を目指す男はその努力と才覚の報酬に女を求める。この時代インドシナ難民はグアムのアサンビーチにあった難民キャンプから自立しつつあった。グアムの地に自立を求めたベトナム女性の多くは夜の観光産業、つまりナイトクラブにその職を求めた。それはスキルを持たないベトナム女性の手軽でかつ実入りのいい仕事なのだ。ベトナム女性を甘く見てはいけない。戦争のさなかのサイゴンですら彼女達はその職業で生きてきたのであった。

私の夫はそうした若いベトナム人の一人を愛人に持ち、女の子を産ませたのであった。私にとっては縁もゆかりもない子供である。もともと 12 歳年上の同じ虎年で、独断型の夫との生活に潤んだロマンはなかった。また彼の事業の発展に私が関与する余地はなく、せいぜいガレージの電話番と使い走り程度が仕事であり、私は妻として、女としての孤独を感じていたのであった。外で産ませた子供が一人できた、この事実を前にして私は離婚を決意した。私は自分の容色に自信があった。まあこれは余計なことだが。

サイゴン時代、夫は年齢を詐称する為に出生証明証まで購入していた。実年齢より 10 歳年上を偽装して南ベトナム軍の徴兵から逃れていたのであった。その当時のサイゴンでは特に珍しいことではなかった。それほどまでに目先の効く夫であったが、彼は一つの重要なことを見逃していた。グアムはアメリカ合衆国の一部であるという事実を。

彼の事業は順調である。私は既に５人の娘を持っている。その上で、夫は愛人に子供を産ませた。これだけの事実の前には合衆国の離婚訴訟は極めて妻に有利に働き、５人の娘の養育費、私自身の生活費、これらを容易に手に入れたのであった。そして当時 32 歳、私はやっと一人で飛び立てる自由を手に入れたのであった。

独身となった私は中国人相手の観光ガイド、バーの経営、ステーキハウスの経営、アパートの建設と販売を通じて蓄財の運に恵まれた。恋愛は？それらしきものはあったが、すべて私の財を目当てのフェイクなものだった。50 歳を過ぎる頃、私は男達からの防波堤が必要なことに気が付いた。男は巧妙な手段でアプローチしてくる。ビジネスへの出資を装い、あるいは援助を装い、あるいは癒しを装いながら。私はそれらの煩わしさを断ちたかった。

経営するステーキハウスの常連の一人で、既に妻を亡くしていた米軍退役将校が最も私の願いにかなっていた。既に70代に達していた彼は防波堤の役を果たすに十分であり、実際やさしくもあり、私は仕事の疲れを癒すサンクチュアリーを彼の中に見つけた。そして煽られるよう気持ちで結婚した。彼は結婚前、夫婦の営みが困難なことを私に告白したがそれは大したことではなかった。仕事の緊張感から解放され、寄り添う男達をシャットアウトできる安全な場所が確保され、ひと時の安らぎさえあればよかった。きっと事業欲旺盛でエネルギッシュな前の夫とのことが私の頭の中に残っていたのかもしれない。結論から言うと、この結婚は波風のない､平和な結婚であった。そして仕事への集中に追い風となった。この結婚生活時代、ステーキハウスはパートナーから経営権を買い取り、私の単独経営になった。私の蓄財はまた一歩前進した。

ある意味では予期されたように、彼は結婚から８年後に肺癌でなくなった。彼はいまアサンビーチの米軍兵士共同墓地に眠っている。子供がいなかったので彼の所有する不動産と退職者預金口座は私のものになり、寡婦の私は彼の社会保障年金の受取人となった。私達が８年間暮らした彼の持ち家は十分な修繕を施した上で月当たりの家賃2000ドルで借家にしている。それはサンタ・リタの高台のいい環境にあり、私にはいい副収入なのだ。

彼が亡くなったあと、私は島の北部のジーゴにある私の持ち家に帰った。しばらくしてステーキハウス店も売却した。全くのフリーの身になり、長年その機会がなかった庭仕事に励んでいる。

「あなた、いい結婚だった？」と聞かれれば、ためらうことなく「イエス」というだろう。なにしろ、夫の死とともに、蓄財はさらに増え、健康で自由の身になかったから。でも、一つの事実だけは秘密にしている:私が夫の肺癌を知って結婚したこと、その彼には生命保険がかかっていた事実を。

さて、そろそろその時がきたようだ。今度は私が積極的に男を探してみようか？　そんな遊び心も出てきている。

ところで、ひとつ困ったことがあった。まあ大したことではないが。８年の結婚生活で使用していた生活道具の数々が私の手元で遊ぶことになった。何とか処分しようと考えていたら、全くグッド・タイミングでケニー・カサオカが現れた。鍋、大皿小皿、カップ、ナイフ・フォーク・スプーン、この際彼の所に持ち込めるものは全部そうしよう。それに彼も喜ぶだろう。私も処分できる。でも、前の結婚生活の生活用品だったとは言えない。そこは黙っておこう。彼もいい気はしないであろう。そう思って持ち込んだら、彼は恐縮して受け取った。「なんだか、あなたの台所になったみたいですね、沢山いただいて。まあいいや、買う手間が省けて、ありがとう」だって。鈍いのか、無邪気なのか、ケチなのか、この辺はまだよくわからない。

「あなた、未亡人の今は幸せ？」と聞かれれば、ためらうことなく、やはり「ハオ（好!）」と答えよう。だって、虎の私に恰好な獲物が見つかったもの。元の夫、亡くなった夫にはない、珍しいタイプだ。追いかけないわけにはいかない。追いかけてどうする？ そこまでの余裕は無いわ。ただ、彼にはミソスープとテンプラのカウンターがあるから、決して油断できる相手ではない。それに意表を突く突発的な行動もある。でも勇気を持って接近戦をしかけよう。

・・・

いつもの如くの奇襲攻撃のメイであった。授業の予定のないその日のケニーは心おきなく朝寝を楽しんでいた。月曜も火曜もない、曜日とは無縁の大陰暦のありがたみを味わっていた。午前10時を過ぎるころ、彼のセル・フォンが鳴った。

「モシモシ、オハヨーゴザイマス、センセー、アサゴハンタベマスカ？」

メイからであった。

「あなた、今何処ですか？」

「ジーゴの自宅です、これから迎えにいきます」

まったくの奇襲だな、と反発しつつも、女性の親切を無下に断ることができない気の弱さがケニーの一つの性分でもある。ベッドから起き出し、洗面を済ませ、コーヒーを沸かし、ラップトップでメールチェックとニュース検索を済ませた。たとえ何処に住んでいようと、たとえ奇襲攻撃を受けようと、この朝の30分のルーチンだけは頑固に固執している。広汎性発達障害者特有の自己確立方法なのである。このルーチンを通らないと、「一体自分の存在は何処にあるのだろう？」と深い疑義におちてしまうのだ。自己を確立したケニーは余裕をもってインフィニティーの到着を待った。

二人を乗せた車はタムニングからデデドを過ぎマリン・ドライブを北に向けて走っている。「まだグアムの地理には詳しくないのです。ほら、そこの左側、GICCというサインが見えるでしょう、よく行くゴルフ場です。でもここから北には行ったことがないのですよ」

「ゴルフは好きですか？　よくしますか？」

「好きですよ。以前住んでいた東海岸では日曜の午後はたいてい一人でプレーしていました。グアムのゴルフ場では四季を感じることがないけれど、あのあたりは四季がくっきりしてます。特に９月から10月の季節は最高の景色ですよ。ある日曜日は木の葉の色はまだ緑色で、次の日曜日にはその葉が赤く染まり、それから１週間も経つとその色が褐色になり、徐々に落ち葉が緑のフェアーウエイに落ちてくるのです。週ごとに秋の深まりをゴルフ場で感じることができます。仕事から解放されて、プレーで心地よく疲れ、リラックスできましたよ。それに一人暮らしでしたから」

「よく分かりますわ、シアトルもそうです。そこには５人の娘のうち３人が住んでいます。今年の９月にはいく予定ですわ。次女が初めての出産を迎えるので。その時はケニーともしばらくお別れですけど」

９月には寂しくなるな、とケニーは胸につぶやいた。彼の一瞬の気落ちの表情をメイは見逃さなかった。

「さあ、あと10分で着きますわ」

GICCを過ぎてしばらくは平坦な道が続き、やがてマリン・ドライブは上りにさしかかった。アンダーセン空軍基地はまだ先だ。インフィニティーに揺られながら、「あれっ、この感覚は一度経験したことがあったような、なかったような」と、デジャブ（Déjà-vu）の錯覚にとらわれた。「今起きようとすることは、既に一度起きたことのような錯覚」に一瞬だけ襲われたのであった。

ケニーの独白

５年前の10月の下旬、俺は春麗（チュンリー）の運転するトヨタ・カローラに同乗していた。カローラはボストンの町を抜け、193号線をニューハンプシャーに向かっていた。その日はリンゴ園での摘み取りの遠出だった。彼女との出会いはほんの偶然で、働いていたマサチューセッツ州トーントンの町に小さなショッピング・プラザがあり、そこにはコンビニ、ダンキン・ドーナッツ、テイクアウトのチャイニーズ、ベトナム人のネール・ショップ、そして、彼女のクリーニング店兼テーラーショップがあり、人の出入りの活発なプラザであった。その店でジーンズの裾の手直しを頼んだのが彼女との最初の出会いで、ダンキン・ドーナッツ店のコーヒーが気に入っていた俺はいつしかコーヒーカップ片手に、朝に彼女に挨拶し、午後のけだるい時間には彼女の店に入り、罪のない中華料理の話で時間をつぶした。そんな時チュンリーはミシン仕事の手を休め話し相手になるのだった。彼女は広東州の出身の40代後半の年齢、離婚経験者であった。俺とて一人暮らし。数回の食事と映画のデートを重ね、誘われるままに、こうしてニューハンプシャーのリンゴ園に向かっている。

ニューイングランド地方もボストンから北に行くとあからさまに冷涼な気候に変わる。そのリンゴ園は少しシーズンが過ぎていたのであろう、摘み取るべきリンゴは殆ど残っていなかったし、人影もなかった。寒さを拒絶するように、ごく自然に二人は体のぬくもりを求めあい、落ちたリンゴの甘酸っぱい匂いの中で抱擁を続けたのだった。

結局の俺の離婚作業ははかどらず、一年半続いたこの恋の成就はならなかったが、つのる恋であり、その思いに倍加された忘れられない性の饗宴であった。でもそれは過ぎ去りしメルヘン、巻き戻すことのできない絵物語、そんなパッションにはもう二度と縁がないだろうと思い、グアムの地でリタイヤー生活を始めたが俺はいつまでも青臭い生身の男だと思う。なかなか枯れることができない。
メイもまたチュンリーと同じ広東人、これから食事に向かおうとしている。彼女は食事の後、俺がまだ行ったこともないグアムの南部、サンタ・リタの滝を案内しようといっている。冷涼なリンゴ園ではなくてマンゴーのジャングルを目指す、そこは違う、でも何かが起きる気がしてならない。いつか、何処かで、起きた事がまた繰り返されるのであろうか？これはデジャブ（Déjà-vu）なのか、錯覚なのだろうか？そうじゃあない、今起きようとしていることなんだ。ひょっとして接近戦が近いのであろうか？
・・・
ケニーは味のいいハムとオニオンの入ったオムレツ、それと香りのいいコーヒーを母屋のキッチンで頂いた。娘夫婦と二人の幼い孫は出かけていた。
「私の離れを案内しますわ。母屋とは玄関が別々になっていて、まあ私のアパートってとこです。それから庭を見てください。いまはそこが私の仕事場になっています」
ケニーは思わず息を飲み込んだ。
「アパートを見せるって？　それはベッドルームだろう。まだあまりにも早い時間帯だよ。昼の12時を過ぎたばかりじゃあないか」ケニーは完全にデジャブに取り憑かれているようだった。

どぎまぎのケニーを知ってか、知らずか、メイは母屋を出てそのアパートのドアを開けた。そこはベッドルームであった。クイーンサイズのベッドがきちんとメークされていた。

その奥はバスルームらしくトワイレットの一部とシャワーカーテンが垣間見られた。ゆったりとしたサイズのホテルの一室のようであった。続きのドアを開けると小さなリビングとキッチンの部屋で、整理されたベッドルームとは異なり、この部屋はそれほど使っていないらしくソファーには大型のスーツケースが２個投げ出されたままで、キッチンには水気も飛んでいなかった。リビングの棚にスピーカーが２個置いてあったがテレビは無かった。

「そうか、このキッチンはどうも使っていないらしい。それも道理、壁の向こうは母屋だからだ。大型のテレビもそこにあったし、娘夫婦と孫もそこに住んでいる。つまり、彼女はここでは生活していない、寝る為だけの離れなんだろう。そうなるとキッチン用品は実質不要な訳だ。ひょっとして俺の所に持ち込んだものはここから持ってきたのかな？　お古をもらったってことだね、でもそれで文句を言う筋合いはないけど」結構いい読みである。さすがに彼女も女である。整理されていないキッチン・リビングを覗いたケニーの憶測顔を盗み見て、「あまり、深く考えないで」の気持ちで目先を変えにかかった。

「ケニー、ここは寝るだけ、たいていは母屋で過ごしているの。さあ、庭を見て下さい、菜園を案内するわ、それとこれからの花壇の計画を見て。その後、グアムの南にドライブします。見ておきたい不動産物件があるの。今日は長い一日になりそう」

もう乗りかかった船である。

「グアム島オプショナルツアー半日コース朝食付きか？　今日はツーリストになろう」と自分に言い聞かせた。

半エーカー、2000平方米の敷地に生育する熱帯樹林の果樹はバナナ、ココナッツ、マンゴー、パパイヤ、レモンと多岐にわたっている。
「これって、もともとあったの？　それとも植えて育てたの？」
「一部はもともと、そこのマンゴーがそう。でもあとは苗を買ってきて植えて育てたの、グアムのフリー・マーケットで苗は安く手に入るわ。10年もあればこんなに育つの。でも雑草の処理は大変。仕事を止めてやっと手入れができる時間ができたの」果樹の林、そして菜園と花壇、見事な庭であった。

ニッサン・インフィニティーはジーゴの村を離れ、島の南、サンタ・リタを目指し、マリン・ドライブを南下した。
「サンタ・リタでは滝を案内します。グアムには有名なタラフォフォの滝以外にも小さい滝がたくさんありますよ。これでも私、離婚の後ツアーガイドの仕事をしてたことがあります。あのシンディーさんもツアーガイドの資格を持ってます。グアムでは役に立つ資格なんですよ、中国人のツーリストも多いですから。その後、アサン・ビーチを見下ろす不動産物件を見ます」
「滝か、人影はあるだろうか？　ニューハンプシャーのリンゴ園の再来だ。アクションを断固としてとるか、それとも熟したマンゴーが落ちるのを辛抱して待つか？行動か待機、いや、この日を逃せば機会は訪れることはないかもしれない。今日は接近戦を挑もう。それが近いことを予感していたじゃあないか。自分の予感に忠実に生きよう」ケニーの気持ちは固まった。
その滝は私有地の中にあり、ケニーは二人分の入園料２ドルを支払った。メイはそこのオーナーから花の摘み取りの許可をとった。彼女はインフィニティのトランクから柄の長い剪定バサミをとり出し、「ケニー、この籠を持ってきて。できたらハイビスカスの花があるといいのだけれど」と花摘みの準備をはじめた。

「風情だなあ、60を過ぎた男と女が『花の首飾り』か、ロマンがあっていいねえ、ちょっと歌ってみるか」その気になり、出だしをハミングした。

「あら、その歌は何？　ジャパニーズの歌？」

「いや、思いつきで出てきたのですよ」まさか50年前のザ・タイガースを話題にしてもしかたない。が、確かに『花の首飾り』を彼女の首にかけるような条件は整っている。花摘みは永遠のロマンなのである。

熱帯雨林の中に小道ができており、坂道を100ヤード少し上ると滝まではやや急に下っていた。しばらくすると水音が聞こえ、コンクリートの階段と鉄製の手すりがあり、それをつたって下りると、そこが滝壺だった。上りと下りを合わせての道筋は軽やかな屈伸ができなくなった膝を持つ彼ら二人にとって慎重を要するトレッキングであった。彼らは額にうっすらと汗を滲ませたが、滝のしぶきが心地よい休息となった。彼らの気配を感じたのであろう、数匹の小さな魚がその黒い背で水面を切った。

「あら、魚よ、食べられるかしら？」

「食べようとは思わないけど。でも熱帯の島の川魚って一体何なんだろう？　海から上ってくるの？」ケニー・カサオカ、何という冷静な男なのだろう。接近戦を覚悟した彼の心は澄んでいる。澄むほどに魚類学の疑問に答えようとしている。

メイはステップから滝壺の水面に飛び出た一つ目の石に乗り移り、更に二つ目の石に移った。両手を水でじゃぶじゃぶと洗うと、驚いた魚が逃げた。それは絵になる可愛いいたずらであった。その時一瞬、ケニーの脳裏に『接近戦』が起きるのでは、のデジャブがよぎった。戻ろうとして彼女は二つ目の石から、一つ目の石に移った。その時、その石の表面の亀裂に足を取られた彼女は前屈みになりながらも、両手を前に突出し、やっとのことでバランスを確保した。ステップの手すりで自分の体を支えながらケニーは「危ないよ、この手につかまって」と身を乗り出し、手を差し出して彼女がステップに戻るのを助けようとした。

「滑るよ、危ない。さあ、この手を握って」

その手でもって彼女を引き寄せ、安全なステップに戻し、ハイビスカスの花が風に吹かれて上空から２枚、３枚落ちる、その中で強引な『接近戦』を挑む、それがケニーの戦術であった。

ケニーは左手でステップの鉄柵をつかみ、右手のリーチを目いっぱい伸ばした。メイは両手でそれをしっかりとつつみ、うまくバランスを得たのであろう、輝くような微笑み返しを送った。『接近戦』はあと数秒で起きようとしていた。いや、おきるはずであった。

ケニーは強靭ではないが、けっして脆弱な身体の持ち主ではない。グアムに移住して以来、週に２回は目の前のハガーニャ湾での水泳を続けてコンディショニングを管理している。彼は力を込めて彼女を引き寄せようと左足の踵を浮かせ、右足の膝を軽く屈折させ、右足荷重の態勢を取った。神経の伝導系は彼の踏ん張る意志を右足下腿三頭筋に伝えた。その右足の足裏がステップのコンクリート面を踏ん張った時、末端の長趾伸筋腱に瞬時の熱が発生した。腱、筋の伸展運動、それはとりもなおさず電気パルスの伝導に由来する。

悲しいことに人間の老化はその筋、腱の電気抵抗値 R を増加させる。ケニーの右足長趾伸筋腱を流れたパルス電流 I は、$P = I^2 \times R$ の瞬時電力を発生させ、柔軟性を失った彼の腱組織を燃やした。彼がもっと若ければ R の値は低いであろう。また『接近戦』の気負いがなければ I の瞬時値は低かったであろう。だがもう過ぎたことだ。

ジュールの法則で腱を痛めた彼はメイを引き寄せようとして「うっ」と呻いた。

美しい微笑み返しのメイが今度は逆に心配顔で問い返した。

「大丈夫？　ケニー。無理しないでゆっくり引っ張ってね」

彼女が安全なステップに戻った時、「ちょっと力が入ったかな？」とケニーは自嘲気味につぶやいた。

「ゴメンネ、私重たかったでしょう」

「いえいえ、そんな、別に」

「ゆっくりして。私、ハイビスカスの花を摘むわ。少し上の方にいきましょう」

魚の黒い影が水面にしぶきをたててケニーの『接近戦』のデジャブをせせら笑った。

二人は滝を離れ、来た道を戻り、手ごろな高さのハイビスカスの木を見つけた。

「教えて、ハイビスカスとブーゲンビリアの花の違いを。どちらも鮮やかな花に見えるだけで、どっちがどっちなんだろうとグアムのゴルフ場でいつも考えているんだ」

「いい質問ね、センセイ。とても簡単よ」メイが冷やかしながら答えた。
ケニーは熱帯の花に疎い。
「ブーゲンビリアはちょっとトリッキーね。ほんとの花を囲む三つ四つの鮮やかな色の花弁は、花に見えて花じゃあないの、ほんとは葉なの。その違いは一目で分かるわ。ハイビスカスはもうほんとの花、真ん中に突き出たメシベですぐ分かります」
そう言いながら、メイは自分より背の高いハイビスカスの花を剪定バサミで切り出しにかかった。背伸びをするとその肉感的なヒップがケニーの目に迫る。
「全く何てことだ、あの右足の長趾伸筋腱のアクシデントさえなければ……今はただハイビスカスの花を籠に入れるだけの手伝い役に堕してしまった」彼は惨めなため息をついた。

場所を変えながら花摘みトレッキングは続く。アップダウンを続けるうちにジュールの法則で焼き切った彼の腱は違和感から痛みに進行していった。
RICE（ライス）という治療の原則がある。痛みに襲われた時の初期治療である。
Rest: 休息
Icing: 氷で冷やす
Compression: 患部を包帯で圧迫する
Elevation: 患部を上げて重力場から解放する
男気を見せるべく花摘みを手伝うケニーは完璧にこの治療原則を忘れていた。

メイの独白

花摘みの後は長い半日だった。今は人に貸している私の持ち家を見せ、興味のあったアサン・ビーチを見下ろす不動産物件の見学に連れまわし、測量士の事務所まで同行してもらい、最後に私が以前に所有していたバーに来てもらった。長い半日の後だからバッドワイザーがきっとおいしいはずなのに彼は時間をかけて飲み干そうとしている。どこか悪いのだろうか？　単に疲れただけなのだろうか？　バーの片隅のテーブルの盆に摘んだ花を飾りつける作業をしながら、私は彼の元気のなさが気になってしかたなかった。宵の口であり、バーは混んでいなかった。現オーナーのコリアン女性ソンがカウンターの中で働き、早出の常連客が３人いるだけだった。

「メイ、少し寒気がするので送ってくれないか、それと足が痛み出した。きっと山道を歩いたせいなんだろう」彼のバッドワイザーの小瓶にはまだビールが残っていた。

「いいわ、送りましょう」

私は彼を乗せ、ハガーニャ湾を左手に見ながら、マリンドライブを北に向かった。なんだか今宵の彼は弱気に見えた。相当痛むらしい。でも面白いジョークは忘れていない。

「足イタイ、オクサンはナイ、子供もナイ、お金もナイ、没有太太（メイヨウタイタイ）・没有孩子（メイヨウアーズ）・没有銭（メイヨウチェン）、ナニモナイ」

中国語を使って屈託のないバカバカ・ジョークを呟いている。しかしこれがケニーのいいところだ、結構心情を伝えている。そうなると、私も正式な中国語を教えたくなる。

「没有太太・没有孩子・没有銭・通通没有って言った方がいいわ」

「いい語呂だねえ、最後のトン・トン・メイヨウが気に入った」

私は彼をオーシャン・フロント・アパートメントに届けた。玄関のドアを開ける時、彼は右足を引きずって痛々しかった。

・・・

「ケニー、ゆっくり休んでね、おやすみなさい、晩安（ワンアン）」

どちらからともなく仕掛けた接近戦はケニーの戦線離脱で不完全燃焼で終わってしまった。世の中、事はデジャブ通りにはいかないものである。『通通没用（トントンメイヨウ）』の如く、彼にとっては全くダメな一日であった。

5章　野戦病院

ケニーは自分の体のケアー方法をよく知っている。RICEを取らなかった為にその腱は炎症をおこし、やがてそれが体内の細菌により感染となったことを自覚した。60歳を過ぎるとこうした炎症は膝に始まり、やがて足首、更に末端の長趾伸筋腱にまで広がる。だが炎症は常時あるわけではない。どこにも痛みが無ければ、彼は水泳、ウォーキングをする。適度な運動はその後のビールの最高のつまみとなり、その夜の心地よい睡眠を請け負ってくれる。となれば、次の日も汗を流そうという体の誘惑に負ける。更にその次の日は、体のだるさを感じながらも「ここで休んでなるものか」と追われた気持ちになり、限界を超えた運動に挑む。そしてお決まりの炎症に襲われる。

「運動なんて無理にしないでボチボチやったらいいのに」と、いうのがベストかもしれない。でもこの悪循環から逃れられないのが単一思考的な広汎性発達障害者の宿命なのであろう。ただ彼にも救いがある。

強い副作用をともなわない『インドメタシンの50mg錠』が有効なのだ。痛み発生後の３日間を完璧な治療期間として安息をとり、この錠剤の投与を続ければ炎症はピークを過ぎる。次の３日間は20mgの投与におさえ、胃のムカツキを抑える。この期間に歩行は少し楽になる。

最後の３日間は錠剤投与を止め、RICEだけで食欲の回復を待つ。この3-3-3の防衛的フォーメーションでこれまでの激痛を乗り切ってきた。サンタ・リタの滝のアクシデントで彼の気は滅入っていたが、広汎性発達障害の利点は他を考えることなく、この炎症を治すことしか考えない点にある。一点集中の単一思考性である。彼は野戦病院状態をポジティブに受け入れ、新たな闘志を燃やした。その夜、彼はメイに電話し、向こう２週間のニホンゴ学習をキャンセルした。彼の闘病生活が始まった。

翌日の朝遅くメイが現れた。

「ちょっと待って、車から荷物を取り出すわ。これがあると楽でしょう」

彼女は歩行器と杖を部屋に持ち込んだ。心温まる実利的な贈り物である。彼女の膝も闘病の歴史があった。３年前に内視鏡による両方の膝関節のクリーニングを受け、今は小康状態を保っている。部位こそ違えその痛みと辛さは彼女もよく知っている。ケニーは歩行器と杖を部屋の中で試してみた。狭い部屋なので、ベッドからバスルームやキッチンへの移動には杖の方がむしろ都合がよかった。

「朝は何か食べましたか？」

「８時ごろシリアルとオレンジを半分。薬のせいで食欲がちょっと落ちてるみたいです」

「お昼を食べに行きましょう。ベトナム麺なら食べやすいでしょう」

足の痛みを我慢したままではこみいった料理もできず、サンドイッチでも作ろうかと考えていたケニーには有難い申し入れであった。

さっそくインフィニティーでタムニングのベトナム料理の店に向かった。玄関に竹が数本飾ってあった。見上げると「バンブー」という名のレストランであった。車のドア開け、杖を使い自力で歩こうとすると、彼女は肩を貸してくれた。まさに天使の看護精神であった。
「イタイ、イタイネ、ユックリ歩いて」彼女のニホンゴは確実に進歩している。
店に入り席に着くと、厨房から女性が出てきてメイと言葉を交わした。
残念ながらケニーの理解する言葉ではなかったのでベトナム語であろう。ただ、ケニーのことをチャイニーズ？　と聞いているように見えた。
「何てことだ、好みのフォーを食べに来たのに杖をついたままなんて、カッコつかないなあ」ケニーはサンタ・リタの接近戦を呪った。
「冷たいフォーもあります。おいしいですよ」
「今日は痛みがあるので温かいフォーにしておきます。チキンを頼もうかな？」
「それはフォー・ガーです。ここのチキンは照り焼きしてあり、香りがいいですよ。私はそれの冷たいのを頂きます、ビール飲みますか？」
「あっ、アサヒがあるね、一本だけ飲んでみよう。あなた、彼女に私のこと話したの？ ジャパニーズとか、チャイニーズとかって、聞こえたけど」
「あなたのことチャイニーズって聞いたから、ジャパニーズって教えてあげたの、フッフッフ」左半身で顎を少し下げ、上目使いの例の微笑み返しであった。これは艶がある。
「あの彼女はちょっと可哀そうなの、ここの経営者はベトナム人の男で、彼がベトナムから連れてきた奥さんなんだけど、彼女に働かせるだけで、自分はお遊びの毎日、何処かに若い女ありって噂よ」
「ふーん、よく知ってるのね」
「私は中華婦人総会の会員の他に、ベトナム婦人会の会員でもあるからその辺の噂はよく耳に入るのね、グアムは狭い世界ってことかしら」

どうでもいいおしゃべりをして時間を費やしているうちに鶏肉のフォーが運ばれた。メイは冷やし麺、ケニーは温か麺。トッピングの鶏肉は炭火で焼いたかのように照り焼きされており、表面にわずかに焦げ目が入っていた。別皿に細めの生もやしとペパーミントが付け合せされ、豪華な麺料理であった。
「ペパーミントをたっぷり食べてね、鎮静効果があるわ。戦争時はベトコンの兵士が抗菌剤に使っていたこともあるの」
「そうかもしれない、子供の頃、夏に海遊びで疲れて発熱した時に祖母がペパーミントを潰して足の裏に湿布で当てたことがあったけど、確か熱が下がったような記憶があるよ」
彼の故郷である瀬戸内の砂浜の熱射病も、ベトナムのジャングルの傷病もペパーミントで結ばれていた。
「日本料理はペパーミントを使わないの？見たことないけど」
「たぶん使わないね。高価だから、いや、待てよ、私の家では使っていたね、夏の頃は」
「それって、何の料理？」
「ペパーミントうどんです、冷やしたうどんで、日本語ではハッカ・うどんと言います」ウソのような話だが、ケニーの故郷では、乾麺の生産が盛んであった。夏バテで食欲の落ちる頃は、冷やしうどんのタレに胡麻・ニラ・シソの葉の薬味を加える。たまにハッカを使うこともあった。ケニーとメイの運命がペパーミントの緑の糸で結ばれていたのであったろうか？

３−３−３の防衛的フォーメーションの第２ステージが終わる頃はもう杖は要らなくなった。

「これから後は薬を止めよう、安静にして食欲の回復を待とう、第３ステージの段階で負荷のかからない水泳を取り入れ肉体のエナジー代謝を高めてみるのもいいかもしれない」ケニーの闘病に希望が湧いてきた。ここで無理なリハビリさえ注意すれば回復は近そうであった。

メイが彼の回復を計っていたかのように現れ、その日はバリガーダにある中華飯店に誘い出した。そこはグアム国際空港の裏手で、「美食之家」の看板が掲げてあった。

「何だか、おいしそうな名前ね、ここはよく来るの？」

「時々ね、ベトナム北部出身の中国人のファミリーが経営しています」

「名物は？」

「何といっても腸粉、広東料理の点心よ、中身の具はエビと野菜、包む皮は米の皮。蒸したそれにタレをかけるの。この腸粉を食べさせるのはグアムでもこのお店だけです」

回復途上のケニーが必要としているのは食欲の回復であった。このメニューはきっと促進剤になるであろう。

「腸粉はスペシャル・メニューで、前もって頼んでいたからもう出来上がっているかもしれないわ。それと麺のおすすめはワンタン麺、あら兄がきているわ」

メイにどこか面影の似ている60代後半の男性が近づいて

きた。メイがケニーを紹介した。その紹介は広東語なのでケニーには理解できなかったが、ケニーと彼はお互いに普通話で挨拶し握手を交わした。その兄はメイに自宅で採ったマンゴーの実が入った袋を手渡し、自分の席に戻った。

やがて出された腸粉は柔らかいながらも弾力があって、しかも歯切れがよく、箸で容易に切れた。その小片を甘みのタレに混ぜて口に入れるとエビの香味が広がり至福の瞬間をケニーに与えてくれた。

「ケニー、あなた中国語うまくなったわね、お店の人もびっくりしているわ」

「昔勉強していた本と CD が日本に置いたままだったので、少し前、娘に送ってもらったんだ。闘病中なので習いなおしているところだけど、うまく言えるのは挨拶と自己紹介だけ、まだまだ全然足りない」

「来週からニホンゴの授業の後は、私が中国語を教えるわ」

ケニーはいらないことを言ったものだと後悔した。ひっそりと CD を聞きながら、コツコツやりたかった。「特訓を受けたら頭が混乱するだろうな?」でもメイはもうその気になっていた。

3-3-3 フォーメーションの最後のステージが終わりケニーの日常の動きに不自由はなくなった。インドメタシンの 50mg 錠、RICE= Rest-Icing-Compression-Elevation の治療に加えてペパーミントのベトナム麺、伝統の腸粉、ワンタン麺、ココナツの葉を揺るがすハガーニャ湾の風、そして天使の看護、これで回復しない理由はない。ケニーの野戦病院の日々は終わった。

彼は感謝を込めて、以前、PIC リゾートのディナー・テーブルを囲んで取った写真を一枚冷蔵庫の扉にテープで貼り付けた。そこにはシンディー、ケニー、メイの三人が笑顔で写っていた。

「できたら、真ん中のシンディーを消せないものかな？やっぱりスリーより、ツーショットがいいのだけれど」というのはケニーの欲張りであろう。

男の傷は女の出番、癒された男に精気が戻り、やがて煩悩の夢想が始まる。

6章　上陸制圧戦

メイの独白：

とにかく彼の怪我が回復したのはうれしい。様子伺いで訪ねたら、コーヒーを御馳走になった。その時私は何も言わなかったが、冷蔵庫の扉に貼られた写真を見て私の心臓のビートは少し早くなった。彼は私に傾いている。この機を逃してはならない。洋上からの艦砲射撃と空爆で優位に立ったとしてもそれは制圧にはならない。上陸制圧戦の時が来たことを私は覚悟した。場合によっては白兵戦も覚悟しなくてはならない。ただ状況は圧倒的に私に有利だと思う。ペパーミント・ベトナム麺・蒸し腸粉・ワンタン麺・実の兄の紹介、まだ発音に難点があるものの彼の中国語への興味、いつしか私達の会話から英語が抜け落ちる日もくるだろう。

1975年のサイゴンでは大きな市街戦はおきなかった。南ベトナム解放戦線と北の正規軍の包囲で米軍と南ベトナム軍は心理的に完敗していったのだ。ケニーの心理はどうだろうか？彼は既に戦後処理に向けて中国語の習得を始めたのであろうか？冷蔵庫に貼ってあった写真を思い出し、私はインフィニティーのミラーに向かって自慢の微笑み返しをチェックした。

・・・

その夜は中華婦人総会のパーティーがアッパー・トゥモン地区にある中華学校で開かれていた。新旧理事の交代を祝い、またグアムを離れる人の送別会をも兼ねていた。メイのテーブルには旧理事であったシンディー、新理事の高夫人、それにおしゃべり仲間の陳、張夫人が加わった。会話がいったん始まれば終わりを知らない話好きの絢爛たる顔ぶれである。男性はちらり見える程度でまさに文字どおりの婦人総会である。学校であるからしてアルコールは出てこない。しかし、全て熟年婦人のメンバーにはそれは無用だ。とりとめのない話し自体が食慾増進の機能を果たしている。ところでこの総会も高齢化の一途をたどっている。無理もない移民二世の若い世代はこうした仲良しクラブ系の華僑組織には背を向けている。こうなると熟年だらけの婦人総会は完璧なお喋り総会と化す。

会場の隅に設置した長いテーブルには白い布が掛けられ、サラダ、点心各種、猪・鶏・牛の小菜、麺と糯米の炊き込みがサービスされ、立派な晩餐の献立である。熟女達は遠慮なく腹に詰め込める分だけ皿に取り込み、話に熱中していく。シンディーが切り出した。

「どう、メイ、その後ケニーとはうまくいっている？」

「ケニーって誰？」高夫人が訪ねる。

「ひょっとしてオーロラ・リゾートの上海人家レストランでのパーティーに来てた日本人？」と陳夫人。

「メイ、あなた、あの時のパーティーの写真をフェイス・ブックにアップロードしたでしょう。私、その写真を見たわ。あなた彼の横で嬉しそうな顔してたわ。かなりその気ね」張夫人がフォローする。

「フェイス・ブックに載せたの？、彼、それを知ってる」とシンディー。

熟年小姐達の会合とて、盛り上がるのはこの手の話題である。これは、洋の東西、いや亜細亜州の東西南北を問わない。つまり会話として罪がなく、したがって楽しいのである。そして、当人に対しての軽いうらやましさがある。

メイが答えた。「彼、フェイス・ブックをやってないの。『あれは孤独な電脳世界の社交、私はフェイス・トウ・フェイス、現実の世界が好きなんだ。だからやっていない』って言っていたわ」

「あら、なかなかいい言葉ね。私賛成よ。今の子供達を見ると、所構わずアイフォンでピコピコして、食事中でさえ会話何て無いわ、あのピコピコって孤独でしょう」

「それをいうなら、チャイナ・チャイナのチャイニーズのカップルよ。私がサイパンに行った時、ハネムーンなのに、食事のテーブルで二人してピコピコよ。驚いたわ」

チャイナ・チャイナというのは彼女達台湾系やシンガポール・マレーシア系華僑の間で中国本土を指すスラングである。

「まさか、新婚のベッドを撮影して微博（ウエイボ）に載せるの？」

「あら、それじゃあすぐに2、3億の人がその新婚さんを見ることになるわ」

熟年小姐の会話はいつのまにか脱線しかかった。

その時、にこやかな笑みを浮かべてマダム・ドラゴンが彼女達のテーブルに立ち寄った。

「你好、楽しそうにお話し中ね、あらメイ、彼のケガはもう回復したの？　少し前まで不自由そうにビーチを散歩してたけど」

正面からケニーの話題を振られメイは照れくさく下を向きながら、「もう大丈夫だわ」と答えた。

メイはオーシャン・フロントのアパートメントにケニーを訪ねた際に数回彼女と顔を合わすことがあった。そこのアパートメントのオーナーであるマダム・ドラゴンも同じ敷地に建てた家に住んでいるので自然といえば自然である。

「メイ、ケニーはなかなか知的な男じゃあない。以前、私のオフィスで彼と話したことがあったのよ。彼はリタイヤーしてるし、家賃も滞りなく払っているので、アパートの管理人役の申し入れを、家賃フリーを交換条件に持ち出したの」とマダム・ドラゴンは話を進めた。

「そしたら、『自分は今、本を書いているし、取材で島をでることもあるから無理ですよ、管理人の経験もないし、やっぱり専門家を雇った方がいいでしょう』とやんわり断ったわ、上手な断り方だったわ。それと彼、ライターなの？　面白い男ね」

「ちらっと話したことがあったわ。オーシャン・フロントはユニークな人間が集まっているから、それをキャラクターにしてみるか？なんて言っていたわ。あっ、そうだわ、マダム・ドラゴンを主人公に一本書いてみるか、なんても言っていたわ」とメイがマダムに答えた。

この話を聞いていた高・張・陳各婦人とシンディーが口をそろえて、

「マダム、あなたが小説の主人公になるの、で、恋愛物？」とはやし立てた。

今度はマダム・ドラゴンが照れる番である。彼女は金儲けの才はあるが、その思考回路は意外と単純にできている。

「私が主人公ね、悪くないわ。メイ、よろしく伝えておいて」

マダム・ドラゴンは３年前に夫を亡くしている。台湾系華人のグアム島における重鎮で、その政治的な影響力は大きい。中華民国は米国と正規な外交関係を持たない為にグアムに領事館を持つことができないが、領事館とも言うべき通商代表部をもっている。レプリゼンタティブと呼ばれるが、その代表者が、つまりは実質の領事がグアムに赴任した時、まず挨拶をするのはこのマダム・ドラゴンである。グアム政府観光局が日本人以外のツーリストを呼ぼうと営業努力を台湾に向けてた時、その段取りをつけたのもこのマダムであった。

ここにいる中華婦人総会のメンバーは彼女を成功者の筆頭と見ているが、その背景を知っているのは実はケニーであった。ある日家賃の支払いに来たケニーを見つけ、彼女は自分のオフィスに彼を招いた。彼が彼女のオフィスで「管理人」のオッファーをやんわり断った時、どういうはずみか、ついつい二人の会話は長話しになった。どうもケニーという男、作家を目指していると公言するだけに、人をして話好きにさせるテクニックを持っているのかもしれない。

話はひと月前に飛ぶ。その時彼女はケニーにこう話した。

「私、生まれたのは上海。台湾に渡ったのは1949年、2歳の時、その頃のことはぼんやりと記憶に残っている程度」

この一言でケニーはある想像ができた。

広汎性発達障害者特有の直感に富んだ鋭いイマジネーションの構築力だ。彼は即座に1949-2=1947を得た。彼自身もその年に生まれている。

「あっ、你属猪嗎（ニーシューズーマ）？ 猪の生まれですか？ 私も同じ猪です」とケニーはつぶやいた。この属猪（シューズー）の一言がマダム・ドラゴンを歓喜させた。

彼女はオフィスにお茶がないのに気付き、あわてて「お茶を持ってきて」と秘書に叫んだ。華人の女性は生まれ年を西暦では話し合わない。チャイニーズ・ゾーディアック、つまり干支 を使うのが習慣である。『属』という言葉をつかって自分の干支を示す。属とはなんという運命的な言葉なのであろうか。

属するもの全ての特性を暗示するかの如き運命論的な意味がその属という言葉に込められている。この表現の一言でマダムはケニーに好感と興味を抱いた。ケニーにはこのことは計算済みであった。そこで彼は更にもう一つ相手を舞いあがらせる質問を付け加えた。

「ひょっとしてあなたのご家族は蒋介石閣下のご親族でしょうか？　あるいは宋美齢女史の？」

マダムは心臓が高鳴るのを覚えた。「そこまで、私を上流階級とみているのだろうか？　この男は」

「父は蒋閣下の軍人だったの、一つ星の将軍、准将だったわ。だからけっして側近の高官という訳ではなかったけれど、閣下に忠実な軍人だったわ。宋美齢女史は遠くから見た記憶がかすかにある程度。でもあなた女史の事をよく知ってるわね、うれしいわ。ところであなた知ってる？　彼女は 100 歳を超えるまで生きていたことを」と続けた。

「知っています、確かニューヨークで亡くなられた、と思います」

ケニーは心理戦には長けている。マダム・ドラゴンのような大陸系台湾華人に、「蒋閣下、宋美齢女史との緊密な関係を示唆する」ことは最高のくすぐりなのである。

「そう、何という高齢だったのでしょう、彼女は。私の父もまだ存命してますよ、100 歳に近づいています」

話し込んだ後、長寿の話が出てきたのでケニーはいい引き時ではないかと考えた。それと彼女に関して、まあ細かいことは別として大まかな軌跡がつかめたような気がしたのであった。

「マダム、今日はいいお話でした。いつかあなたをテーマに一冊書いてみたいですね」

マダム・ドラゴンの頬に一瞬の赤みが走ったことをケニーは見逃さなかった。

全くもってこの男は、どんな話題が相手を当惑させるか、相手を気持ちよくさせるか、こうした言葉の心理学をよく心得ている。誰であろうと、「あなたをテーマに一冊書きましょう」なんて言われたら喜ぶにちがいない。

ケニーの独白

ともあれ、マダムとの友好関係を上手く固めることができた。当分の間は家賃の値上げもないだろう。それに、雨漏りの修理も早くなるだろう。

「あなたをテーマに……」なんて言ったら、頬を染めた。ということは彼女は意外に単純な思考の持ち主かもしれない。さておき収穫の多い会話だった。彼女がどうして高級家具展のビジネスを成功させ、グアムの一等地に不動産を保有しているか、その輪郭が分かったぞ。つまりこういうストーリーだと推測できるだろう：彼女は上海から渡ってきた；家族は蒋介石の側近であったという；もう間違いない、ビジネスを始める資金とともにグアムに来たのであろう；宋美齢が米国で募った義捐金のドルがどれだけ彼ら側近の懐に還流していったのだろうか？

彼女の結婚相手も蒋介石側近の上層部であったに違いない。つまりは中華民国上流サークルの結婚であったろう。

彼女の玄関のドアにフリーメーソンの紋章が掲げてある。それが何故グアムのビジネスと結びついているのか？　彼女の高級家具展の店舗はグアム東北部のアンダーセン空軍基地内と中西部のアプラ港にある海軍基地内に開設された。ここで何かが匂ってくるぞ。蒋介石側近と米軍上層部を結びつける糸は何か？ダグラス・マッカーサーがフリーメーソンのメンバーであったことはよく知られた話だ。

その糸がフリーメーソンにあることは間違いない。空軍基地のストアー、海軍基地のストアー、どちらとも金を使いたがっている将官で溢れている。今日に至ってもグアム駐留の米軍将校に支給される住居手当は月額 2000 ドルを超えている。

グアムのアパートが安くならない訳だ。彼らが家を借り、あるいは購入し、まず必要なものは家具である。しかも重量感のある高級家具が彼らの好みだ。彼らがチープでポップな IKEA の家具を買うだろうか？ありえない。

ところで台湾はいわずと知れた家具産業の宝庫なのだ。腕利きの職人にはことかかない。いやマダムの事だ、製造は中国本土の低賃金を使ったことだろう。さて家具を買ったらその後、壁をどう装飾するか？　ここはアジアだ。まさかロシアのイコンをかざる酔狂な将官はいない。マダムとその夫が目をつけたのは台湾製のアンティークだ。台湾には蒋介石とともに多数の書家、画家が渡ってきた。仕事にあぶれた彼らをして大衆的な掛け軸と水墨画を製造するにはなんの不自由もない。ついでに刀剣・槍の安物の骨董品まで作らせたのだろう。

彼女の事務所の別間で俺は見たぞ、夜店で売ってるような代物を。それに、あの掛け軸の図柄はいったいなんだ。天照大神の隠れた天の岩戸ではなかったか？　間違いなくそうだ。米軍将校にとっては中国の仙人境も倭国の天の岩戸も大して違いはないのだろう。

高級家具を売り、骨董品、それはとりもなおさず複製品だ、を売り、マダムとその夫のビジネスは堅実に発展した。いや堅実というより台湾ドル・人民元で製造し、米ドルで高く売る、その利益は莫大であったろう。

起業家精神に富む彼ら夫妻は次のステップを考えた。観光産業で利益を得た日本人をターゲットにした新店舗をトゥモン地区に開設した。グアム在住の小金持ち日本人にとって高級家具の調達先はその当時彼らの店しかなかったのである。彼らの作戦は高い利益を得て成功した。但し、掛け軸と水墨画は日本人客の好みではない。小金持ちの彼らが掛け軸を楽しむ風流心を持っている訳がない。残念ながら、これは不成功に終わった。

さて今日の会話の中でマダムは「いま、基地内のストアーの売却にはいっているわ」と言っていたな。そろそろ商いを止めて手持ち不動産の経営だけでいくのだろう。

まあ賢明な決断だろう。グアムの経済ブームは終わったのだから。高級家具で儲ける時代ではなくなった。それにしてもスマートでパワフルなビジネス展開であったと、俺は感銘を受けた。彼女がグアム華人社会で第一の成功者とみなされる理由もよく理解できる。いつか、オカ・プレースにある中華レストランで華人商工総会発行のパンフレットを見たが、彼女の顔写真が表紙にあったぞ。それもうなずける。彼女の写真の背景は釣魚台列島こと尖閣であった。

オーシャン・フロント・アパートメントの家賃無料と引き換えに釣魚台の中華民国領土キャンペーンに賛成してみるか？

・・・

舞台をアッパー・トゥモン地区にある中華学校での中華婦人総会のパーティーの場に戻そう。マダム・ドラゴンを加えた熟年小姐達の会話も佳境に入っている。マダムには一つ気づいたことがあった。その夜のメイが無口なことに。とりわけケニーの話題の時がそうだ。

「ひょっとして、彼女のお熱は真剣なのかもしれない、華人社会の先駆者として何か一言アドバイスをしたほうがいいのかな？」

マダムは勝手に決め込んだ。どうやら、彼女もお節介性の発達障害を持っているのかもしれない。

「メイ、あなた愛って考えたことある？」とマダムから思わぬ話題が振られ、メイの頬に一瞬恥じらいの紅が広まった。

「愛は做（つくる）ものなのよ、待っていてはいけないわ」マダムが子猫をあやす母猫の如く笑みを浮かべてメイを見つめた。シンディー、高、陳、張の熟年小姐達も思いもかけないマダム・ドラゴンの発言に唖然の表情を浮かべ、テーブルには一瞬の沈黙が広がった。彼女がメイに投げたのは「愛是要做的（アイスーヤオズーダ）」というフレーズであった。これはかなりアクティブな意味をもって熟年小姐達に受けとられた。

この語句のニュアンスは、文字通りその漢字が意味している。愛とは做（つくる）必要があるのよ、これは直接的でかつ戦闘性に溢れた表現だ。

做（つくる）、あるいは中国語風の発音なら做（ズオー）

と上から下へ叩きつける声調となるが、現代の日本語の日常の語句からは消滅している。ところが、中国語の学習者にはよく目にする漢字の一つなのである。英語の do、あるいは make に相当する広い用途をもっている。例えば做飯とは食事の準備、つまりは料理することを意味する。

いま、メイと熟年小姐達の頭に浮かんだのは做愛（ズオーアイ）の二文字であった。なんという英語と中国語の不思議な表現の一致であろうか？　二つの言葉は完璧に同一の使用方と同一の意味を成している。

做愛とはとりもなおさず Make Love、果敢なるセックスの意味である。日本語で何というのだろうか、『やっちゃう』であろう、でもこれでは風情に欠ける。マダム・ドラゴンの意図をメイは理解していた。

メイの独白

やはりマダムの言う通りかもしれない。逃げてはいけないのだ、臆病になっては一つも進まない。何故って？　私は彼のバカバカなユーモアのセンス、それは軽薄そのものなのだが、それすらもインテリジェンスを感じてしまう。そしてミソスープの作り方を教えてくれたあのやさしさ。それは、ジャパンでは有名なマルコメ・ミソらしいと後で知った。美味の一言であった。ひょっとして彼は料理の天才なのだろうか？私が作り、運ぶ、広東料理のなんと脂ぎったこと。もう恥じてしまう。最初の夫、二番目の夫、彼らとは比べようもない新しい人種なのだ。例え彼の中国語が幼稚な発音であろうと、それで私に話しかけてくれる優しさには感謝するしかない。正直に告白すると、もう彼に夢中なのだ。いままでになかったオトコ、それがケニーなんだわ。做愛、メイク・ラブ、セックス、それを避けてはいけない。私はそう決めた。それが上陸作戦というものだ。白兵戦の時は来ているわ。
・・・

ケニーは少し失望した。
彼女から「庭の手入れが忙しくなり、２週間ほどはニホンゴと中国語の勉強会を中止してください」の電話連絡があった。
「こんなもんなんだなあ、男と女の出会いは、こちらが気が付かないうちは向こうが熱をあげ、こちらがその気になるとサラリと逃げてゆく、むずかしいものだよ」とがっかりしたのであった。たかだか少し休みの期間が介在しただけのことだが、彼女が来ることを前提に週が成り立ってしまっていたから、がっかりの気持ちに陥ったのであろう。そこが冷蔵庫に女の写真を貼る男の気性の弱みなのであろうか？　ケニーの気持ちに「惚れちまった」の心理的な駆動力が生まれ、それに突き動かされ、会えないことへの苛立ちが出てきたのである。とはいえ、この男のリアクションは極めて単純な解決を求める。ケニーは「来ないのだったら、冷蔵庫の扉に貼った写真をぼんやり見るのもかえってせつないね」と思い立ち、ちょっと迷ったあと、その写真をポイとゴミ袋に入れた。ご丁寧にその袋をゴミ収集コンテナまで運び、思い切りよく投げ捨てた。
「彼女はもう来ないかもしれない。突然現れ、そしてこれまた突然去る。やはり華僑というのは故郷を持たない分、気まぐれにできているのかもしれない」
ケニーの思考回路に戸惑いが生じ、それは華僑への愚痴に飛躍しつつあった。

面白いものだ、人の愚痴は。メイというたった一つの個別事例が華僑へと一般化され、今度は華僑的一般論からメイをなじり、自分の熱くなりつつある「惚れ心」を慰めようとしていた。単に彼女は庭仕事が多忙になることを告げただけなのに。いやそれは何かが起きる前兆なのだろうか？

メイの独白

私はこの２週間に自分の美の再生を賭けた。この期間に炭水化物の制限で余分な脂肪を５ポンドをそぎ落とし、庭仕事で汗をかき、いつもより１時間長めの睡眠で肌を整え、最適なウエイトで白兵戦に備えなくては。もはや腹部についた贅肉を完全に落とす事は無理だと思う。しかし２週間の調整で見苦しくないほどに落とす事はできる。ウエイトが0.1ポンドであっても減少傾向を見せれば、それはカロリーの摂取と消費のバランスが崩れ、減量の効果が出てきた証拠だ。そこから更に摂取を絞ることにより５ポンド減量の目標は達成できる。でも一番期待できる効果は腹部ではなく、頬がシャープになることだ。引き締まった頬と、写真写りのいい私の横顔、自然に身に着けた微笑み返し、これで攻めよう。私はシャワーを浴びながら、いまだ衰えを見せていないピンク色の乳首をもつ乳房を両手で包みあげ、息を吸い込み腹部を引っ込めた。「よし、このくらいまで頑張ってみよう！」

・・・

「庭仕事が忙しくなるから、とか言っていたけど、ボケッと待っていてもしょうがない、陣中見舞でもしてみるか？」とケニーは思い立ち、その日は珍しく早起きし GICC のゴルフコースをひとりプレーの速攻で一回りしたあとジーゴをめざした。計算通り12時少し過ぎに彼女の庭に着いた。庭のゲートから人影を探すと、濃く茂ったココナッツの樹林の下で上下する二つの帽子が目に入った。迷彩されたつば付きの帽子であった。
「メイ、俺だよ、撃たないでくれ!」
「撃たないけど、近づくと斬るわよ!」
メイがナイフを片手に茂みの中から現れた。ナイフは刃渡り30センチのブッシュ・ナイフであった。もう一人の手伝いと思しき女性は梯子を使い長柄のハサミで絡まった蔦を切っていた。
「ランボーの映画だね」
「見てよ、このブッシュを。3ケ月もほっておくとこんな具合。彼女に昨日から手伝ってもらっているの、私一人じゃあ大変な仕事よ。でも今日の仕事はここまで。ランチを食べていって」

彼女達二人は、しばらくして作業を止めた。熱帯雨林の伐採は想像を超えたエネルギーを消耗する。午前中の2時間程度が働ける時間の限界である。庭のココナツの木陰に小さな円形の木製テーブルが置いてあり、プラスチック製の椅子が三つ備えてあった。
「セリーナ、こちらはケニー、私のニホンゴの先生です。ケニー、こちらはセリーナ、ちょうどよかったわ、あなたに一つお願いがあるの。彼女は車が無いので、チャランパコの自宅まで送り届けてくれない」
「お安いご用です。珍しく早起きしてゴルフしてきたからお腹がすいています。喜んでランチをいただきますよ」
ケニーはランチが出来上がるまでの時間をこの小柄な女性と話して過ごした。

「メイにニホンゴを教えているのですか？　私の島でも年配の人には日本語が上手な人がいますよ。若い人は使っていませんけど」
「あなたはどちらの出身ですか？」
「私はパラオの出身です。たまに帰るときは東京マートで煎餅と甘い豆の入った餅をお土産に買って帰ります。親戚はみんな喜んでくれます」
第一次大戦後の国際連盟による日本への委任統治領の一つであったパラオ諸島は日本の南方地域での殖産が成功した例であろう。民間が先導するとその殖産は成功する。軍が先導するとだめだ。なにしろこのグアムの占領時代ですら軍は田植えを始めた。ケニーはハガーニャにある太平洋戦争博物館で田植えの写真を見たことがあった。
「グアムは場所が悪いよ､何しろ７月からは台風銀座だもの。いくらコメが好きな民族でも稲刈りができる確率はゼロだろう。いや待てよ､12月からの乾季に田植えをやったらどうだ。いやそれもだめだ。２月、３月だって年によれば豆台風があるくらいだから。やっぱりグアムではササニシキは無理だ」
ケニーという男はその常識において欠点があるものの、イマジネーションには富んでいる。なにやら彼の頭に閃きが走った。
「パラオではタピオカはとれますか？」
「島の伝統的な産物です。ココナッツの葉でくるんだ蒸したタピオカ餅はメインディッシュですよ。それからこのデンプンを乾燥させたあと粒々にしてココナッツミルクで溶いたタピオカ粥、伸ばして焼き上げたタピオカ煎餅、もうその用途は広いのです」
この男にタピオカ嗜好がよみがえり、彼は空腹を覚えた。

「とにかく海はきれいですよ。グアムの千倍はきれい」と彼女が言い終える頃、「さあ、ライス・ヌードル、ベトナム・フォーができたわ」とメイが大きな碗を三つ、トレーに乗せて持ってきてテーブルの上に置いた。
「ちょっと待って、菜園で採れたペパーミントを持ってくるわ」
ペパーミントをたっぷりほり込んだそのフォーは、タピオカで刺激されたケニーの食欲を十二分に満たすほど美味であった。あっさりしているのでゴルフで一汗かいた後の軽食には最適であった。

ケニーの独白

いったい何をしているかと斥候に出かけたら、確かに庭仕事の最中だった。ブッシュの繁りようと、それに花壇の新規プロジェクト、彼女が仕事から解放されるのは少なくともあと１週間はかかるだろう。いやそれ以上か？
毎日のように俺のアパートに来ていたのが急に来なくなったので、「この気まぐれ華僑め」とちょっぴりすねてみたが、これはどうやら俺の小心のせいだとわかった。コセコセ気を回すな、小心者め。どっしりした気持ちでいこう。
反省！
・・・
メイの今度の花壇プロジェクは野心的であった。大きい目の鉢植えポットを思い切って10個買い求め、５個づつの２列にするか、それともまとめて１列の直線にするかしばらく悩み、２列にした。ホーム・デポで用土を買ったがポットが大きいせいか、一袋40ポンド、18キロの袋が５袋では足らず、さらに２袋も買いたす羽目になってしまった。これにオーガニックの腐葉土を混ぜプルメリアの枝を移植する準備は整った。プルメリアの花の木のあてはあった。やはりベトナムからやってきた、あの中華料理店「美食之家」の一家の庭から枝をもらう話を既につけていた。

「さて、今日は枝切りを実行してみようかしら？ついでにケニーに手伝いをさせるか？　よし、雲呑麺（ワンタンメン）のエサをまこう」と思い立ち、彼女はケニーに電話し、そのレストランでの昼食をオッファーした。

彼は雲呑麺（ワンタンメン）、彼女は牛肉麺（ニュウローメン）、熟年の二人の昼食メニューは簡素である。とはいえ、このメニューの選択の中にすら二人の同質性と異質性を見ることができる。二人が此処で注文するメニューは常にこの二つの麺である。二人とも食の好みの固執性が強いのだ。二人の差はあっさり系とこってり系にある。雲呑麺は何処まで行っても雲呑である。雲呑につつまれた具はひき肉もしくはエビのすりつぶしである。そのスープも塩ラーメン風で実にあっさりしている。だから飽きが来ない。これに比して牛肉麺の方はそのバージョンが広い。牛バラの塊を使う場合もあれば、オックス・テールを使う場合もあり、また骨付きもある。更に内臓肉を使うことすらある。間違っても神戸ビーフの薄切りのフィレを使うことはない。こってりした味が牛肉麺の特徴である。

正直に言おう。この店の牛肉麺は正確に言えば牛胃麺であって、内臓肉使用なのである。八角を効かし、長時間加熱したその牛胃は臭いも気にならず、適当に反発力を持っていて、サクサクの歯ごたえと消化の容易さを両立している。野性的な麺なのである。

昭和の時代、東京では必ずと言っていいぐらい、私鉄沿線には駅前中華飯店があり、学生・労働者の食欲を満たしていた。天津麺・排骨麺・鶏肉あんかけもやしそば等々、麺メニューだけで20種はあったであろう。今日はどの麺にするか、メニューの選び方も楽しみの一つであった。昼前15分には印刷工場、段ボール工場、旋盤・フライス盤加工工場の事務所から一括で店に注文が入り、昼時ともなれば出前のバイクが忙しく往来する光景を目にすることができた。

気の利いた駅前中華飯店では夕方時の特別メニューが掲げられ、『レバニラ定食・雲呑スープ付き』が仕事帰りの独身者にリッチな献立を提供していた。やがて駅前の再開発、零細企業の廃業もしくは工業団地への集中、大学の郊外キャンパスへの移転の時代となり、駅前中華飯店の時代は幕を閉じた。代わってバーガー資本主義が現れ、私鉄沿線駅前を席巻することになった。それでも麺への郷愁は消えなかったのであろう、それまではやや格下の感があったラーメン専門店に大衆は釣り込まれていった。だが、そこで提供されるサービスといえば、塩・醤油・味噌の三種混合ワクチンであり、しかもその具といえば、北は旭川、南は鹿児島に至るまで、薄切りのチャーシュー・シナチク・ノリ・ネギで統一されている。何という簡易食、すさまじいまでの画一主義なのである。一体ラーメンにJIS規格が存在するのであろうか？

いずれにしろパワフルな麺は日本から消えた。好き者は担担麺を食べる為に四川省成都に旅をし、ユーチューブにアップ・ロードする時代となったのである。どっこい、ここグアムでは個性的なパワー麺がまだしっかりと生きている。そして午前の労働で疲れた配管工・塗装工・電工、ガードマンの胃をこってりと満たし、午後からの活力を与えてくれている。それがこの「美食之家」なのだ。

ケニーとメイにそれぞれの麺が配膳されると、彼らは小さな碗を二つ頼み、相手方の麺とスープを互いに味見するのであった。ママゴトであった。

「どう、もうプロジェクトの終わりは見えてきた？」

「今日がヤマ場ね。花壇のポットの準備はできたの。食事の後、この店の家族の家に行くわ。あなたに枝切りを手伝ってもらいたいの。梯子を使わないといけないから二人でやる方が安全だわ」

「枝を切ってどうするの？」

「花壇の土に移植よ、あら知らなかったの？」

「何かの親木にくっつける接ぎ木ってのは知ってたけど。枝を花壇に挿すだけで育てることができるとは知らなかったなあ。苗木をホーム・デポの園芸部門から買ってくるのかって思っていたよ」

「それでもいいけど、高いでしょう。挿し木をすればタダだわ。それにグアムでは湿度と温度が高いので挿し木の成功率はとても高いの」

ケニーの植物学の知識は薄い。サツマイモ後遺症のせいで植物学を捨てた、と言った方が正解だろう。「樹に咲く花は何？」と聞かれれば、彼は桜と桃の花以外は挙げることが出来ない。可憐なライラックさえ知らない。そんな彼だが、枝切りを頼まれれば、「いいよ、手伝うよ。雲呑麺ごちそうになったから」と答える。

「いいよ、手伝うよ。雲呑麺ごちそうになったから」……

ケニー・カサオカとはとても気立てのいい男なのである。

7章　レモングラスの夜

メイの独白

プルメリアの挿し木をして２週間が経過した。時折の雨に恵まれたせいで挿し木はすっかり新しい土になじんだようだ。もう大丈夫だろう。私は２種類の花の小枝を切り取っていた。一つは花芯が黄色で花びらが白、もう一つは花芯が赤で花びらが淡いピンク。この２種を５個づつのポットに振り分け２列縦隊に整列させた。お互いの列を少しずらしているので遠くから見ると10個のポットが一列に見える。黄・白・赤・ピンクの交錯とあいまって一瞬目をはなし、振り返ると花のマーチが一歩前進したような錯覚に陥ってしまう。後２ケ月もすれば木は程よく成長し、花の数も増えるだろう。ケニーは花が好きなのだろうか？ 枝を切る時、「鮮やかな色の花だねえ、香りもあるし、何ていう花？」と言っていた。きっと熱帯の花を知らないのだろう。

私は子供の頃から花好きだった。16歳の誕生日のお祝いに父からホンダ・スーパーカブ 50 を贈られた。それまでの自転車でのサイゴンの町巡りから解放され、何だか自由の度合いが急に広がった気がした。そして、折をみてはチョロン地区の家から遠出し、中心部にあるベンタン市場まで出かけるのだった。この市場の横手は広い公園になっていて9.23公園と呼ばれている。私の生まれる前の1945年の９月23日、ここからフランス軍への抵抗が始まった、と歴史は教えている。

私が16歳、1967年頃は戦争の硝煙はサイゴン市内にはまだ届いていなかった。漠然とした不安の中にも、戦争はまだ農村地帯、あるいはカンボジア国境でのジャングルの中、として受けとめられていた。ベンタン市場はいつもの活況を呈し、9.23公園も物売りの屋台があふれていた。私が好きだったのはそこの花壇の花だった。色とりどりの花を見るだけで私は時間を忘れてしまう、まだ乙女心が残っていたのだろう。勿論、スーパーカブに乗る時は薄い緑か、青の民族衣装のアオ・タイだ。白いパンタロンの上に、それをはおり、ホンダで裾をなびかせる様は、恵まれた私の容姿と相まって男性の視線を引き付けるに十二分であった。

ケニーが「あの衣装、何て言ったっけ？　アオ・ザイ？」と聞いた時はその発音を直してあげた。

「**ao đại**、アオ・ザイじゃあないわ。アオ・ダイよ。アオは少し鼻にかかった発音で、ダらしくタと発音するのがコツね」って。そんな昔を思い出しながら、私は黄・白・赤・ピンクのプルメリアの花行列を見つめていた。花びらの表面に残った雨 粒が踊り子のように舞い、私に「さあ、今夜よ」と微笑み返し・誘惑の花言葉を投げかけた。

・・・

メイはキッチンに急ぎ、手早くベトナム風・カレーの準備に入った。難しい料理ではない。さっぱりした味のスープ風のカレーである。彼女は骨付きチキンのもも肉を食べやすいサイズにぶつ切りにして、ボウルに移し、塩の代わりに魚醬を軽く振りかけた。言ってみれば隠し味で、鶏肉に塩気を与え、その旨みを引き出してくれる。そして、ベトナム食材店で買ってきたカレー粉をたっぷりまぶし、よく混ぜてから、冷蔵庫の中で1時間なじませた。鶏肉の準備はこれだけだ。ポットにベジタブル・オイルを薄く引き、2個分の玉ねぎのみじん切りを粉末のレモングラス、ガーリックとともに弱火で炒めた。ここが、このレシピ—の醍醐味で、レモングラスがスープに自然な酸味を与え、このカレーをさっぱり味に仕立ててくれる。

鶏肉をポットに移し水を加え、加熱した。アクを取りながらボイルさせ、約5分後、彼女はそのスープを味見し、納得の微笑み返しとともに、このスープをいくらか取り出した。次回のシュリンプ・スープのストックに使うのだ。せっかく作ったスープ、一滴も無駄にできない。それからココナッツ・ミルクの缶を開け、ボイルしているポットに適量を注いだ。さらに大きい目に縦切りしたトマトをほり込み、コリアンダーの束を入れ、加熱はジャスト20分。これで終わりである。カレーを長時間弱火で煮込むと旨くなるというのは迷信であって、ココナッツ・ミルクの甘さが煮詰まりをおこす。ではこの後どうするか？　ただただ常温の室内に放置するのである。

厚手の鋳物のポットに蓄積された熱エネルギーはゆるやか速度で放熱を始める。この熱は鶏肉の蛋白をジリジリとアミノ酸に分解し、4、5時間たてばこのカレーの味は熟成された旨さに変わる。カレーは作ったその夜よりも翌朝の方が味が良くなるという定説はこのアミノ酸分解に依拠している。「じっくり煮込んだカレー」というのはコマーシャルであって、真実を語っていない。煮込むとカレーは焦げるだけである。カレーの熟成はあくまでも常温下の自然放熱エネルギーの熱力学に裏付けされた物理化学なのである。そしてメイのカレーはメコン・デルタの熱と湿気に育まれた香りのエッセンスだ。

「さあ、これでできたわ、後は熟成するだけ、このままポットを持っていこう。二人分以上作ったから、彼は残りを冷蔵庫に保存するだろう。おっと、あの男のことだ、カレーの後はデザートを求めるに決まっている。大丈夫、セリーナからタピオカのココナツ・プディングを分けてもらっているから」

料理を終えた彼女は自分の居住する離れに戻り、「久しぶりに美容浴でもしてみようかしら」とバスタブに湯を満たし始めた。グアムの公共水道は島の北部の地下帯水層から汲み上げられている。ところが島の北部は石灰岩の層で、水道の水はカルシウムイオンを多く含んだ硬水である。ケニーはグアムに来た当初、この水を沸かすと、やかんの口にカルシウムが蓄積するので驚いたものである。しかしこれはミネラル分であって、この湯でコーヒーを抽出するとコッテリとしたコーヒーになり、彼は島の地下水を気に入っていた。

バスタブに湯が満たされると、メイはレモングラスを包んだ布袋を一つほうり込んだ。低めの温度の湯がたちまちレモンの香りを含み、その湯気が浴室を爽やかな香りの温泉に変えた。硬水の湯は熱容量が大きく温度が下がりにくい。湯持ちがいいのである。レモングラスの酸味な刺激に煽られ、彼女は、一刻も早く服を脱ぎ捨て、その豊満な、しかしここ2週間余りの労働で見事に引き締められたその体を浴槽にまかせたい欲望にかられた。

……

グアムに温泉はあるのか？　ない。ガイドブックには一言もふれられていない。しかし、現実には温泉をつくることができる。同じく硬度が高い山陰の名湯こと皆生温泉のグアム別館版をつくることは不可能ではない。

彼女は湯の中で思い切り脚を伸ばし、頭を浴槽のふちにねかせた。至福のひと時、弛緩のポーズ、彼女の心からも、体からも、全ての意図が解放された。いや、思考さえも消え去った。その姿勢で全身の肌がレモングラスの酸味に刺激された。

ケニーはここのところ充実感に満たされていた。彼の13年間の合衆国の出稼ぎ放浪の思い出をつづったエッセイの執筆は大まかな完成にさしかかっていた。そして3ケ月後に北九州市主催の「自分史文学賞」の締め切りが迫っていた。今は部分的な文字・語句の表現よりも、規定の文字数に合わせるべく全体のコンパクト化に向けた校正作業に集中していた。ただ切り取るだけではなく、このエッセイ自体に起承転結の進行性を与える為に各章の連携に腐心していた。

ケニーの独白

文学賞の金メダルの賞金は200万円、となると確定申告が必要となる。その為にわざわざ日本に帰るのか？　そんな面倒な事はできない。むしろ佳作30万円の方が使い勝手がいいのではなかろうか？ 仲間を呼んで、薄野で一夜の宴会を開こう、メニューは何にするか？羊羊亭ジンギスカンには多すぎる額だ。だからといって宴会中華料理12品コースは彼らには豪華すぎる。元来が学生寮育ちの粗食・素食・アンチグルメでホッケの塩焼き一枚で幸せを感じる素朴な人間達だ。一体彼らに何を御馳走すればいいのか？

・・・

孵化する前にチキンの数を勘定し、応募する前の賞金の使い道の夢想にふけっていたケニーはワードプロセッサーを打つ手を休めた。かってボストン・チャイナタウンに咲いたあの恋からは既に 5 年が経っており、彼があの女性、チュンリー・ヤオを思い出すことはなかった。彼がいま追っているのは、何故あそこまで胸弾む欲望と、いとおしさの感情に陶酔できたのか？という恋愛の自分史的な考察である。彼は格闘技由来の言葉を借りて考察している。そして「心技体」が彼と彼女の間に存在していたのだろうと推論した。

チュンリーは縁者を介してアメリカ在住の中国人と結婚した。それは故郷の広州から出る為だけの政治的な結婚であり、婚姻生活は 10 年少々で破綻した。ケニーはそのころ、日本に住む妻との疎遠な関係の絶望感にあえいでいた。二人の心には新しいパートナーとの巡り合いを期する『心』があった。二人は偶然の出会いを契機として、相手の心理を計り、射落とす為の『技』を存分に発揮した。彼女は冬瓜スープの伝統的広東料理と、特技の裁縫によるジーンズの裾直しで彼を囲い込み、彼は彼で、旺盛な情熱で無味乾燥であった彼女の心を制限なき喜びの甘受へと解放した。そのころ彼女は 46、彼は 59 歳、二人とも充実した『体』を持っていた。

「心技体、この三者の統一の魔力があったんだ。ほんの短い一瞬だけ二人の間に」

ケニーはそう結論し、その考察に満足した。

しかし、「何故その恋が破談の結末を迎えたか？」は、彼が言うところの心技体の問題ではなかった。彼は妻に払うべき慰藉の金をケチったからだ。単純な理由である。男女の間の現実には『心技体プラス銭』があり、最後の『銭』の占める要素は計り知れない。だからといってケニーを責めることはできない。彼は一文無しで、チュンリーと再出発するリスクを十分認識していた。彼は「逃げちゃえ」作戦でそのロマンスに決着をつけた。「逃げちゃえ」もまた彼の得意技であった。

その辺りの自分史的ストーリーは現在校正中の作品に織り込んであった。読み返し、推敲を重ねながら自分史の追憶をたどっている時の彼の心は無心であった。

「女から逃げるということ、それは清算の美学、再出発の輪廻かもしれない。人は死ぬまでこの輪廻転生の奴隷のままなのだろうか？」

彼は無心の中にも手前勝手な死生観に酔った。ただトピックがトピックだけに女の臭いから逃げることができない。

ケニーはテーブルを離れ、カウチに横になった。「じゃあ、ここグアムで出会ったメイは一体何なんだろう？　なんだか、いつも彼女から攻撃を受けてるような気がするけど。それにどうも思った通りに事が運ばない。戦闘意欲を燃やしたあのサンタ・リタの滝では思わぬアクシデントで足を痛めた。もう俺には心技体の充実は遠い過去になったんだろうか？そうは思いたくないが」と彼女のボリューム感あふれるボディーに思いを馳せた。ちょっとだけ、刹那的に、『心技体』の『体』が熱くなった。その時、彼のセル・フォンが鳴り、メイの声が響いた。

「ケニー、私よ。お元気？」彼女のニホンゴはスムーズな域に達している。

「元気よ、いま本を書いていて、一休みしたところなんだ」

「あと10分でそちらに着くわ。ライスを二人分用意して」

このテンポ、このトーン、彼女の依頼は実に直説話法的な命令形である。婉曲表現なしのニホンゴである。しかしそれで充分意思は通じる。いわれなくともケニーは彼女が一品料理を持ってくると理解し、さっそくタイ産ジャスミン・ライスを一回リンスし、炊飯器のスイッチをオンした。間違いなく１０分で炊飯は終わり、彼女とおしゃべりをしてる間にライスは程よく蒸される。

「晩飯でもつくるか、と思っていた時だ。一体何を持ってくるのかな？　でも珍しく夜の来訪だ。もう午後８時になる、どうした事なんだろう？」

CÀ RI GÀ（カ・リ・ガ）こと、ベトナム風チキンカレーはエキゾチックな香りに溢れていた。少し固めに炊き上げたタイ米の香味とあいまって、美味な夕食の一品であった。

「この香りと酸味はどうして出てくるの？　とても美味しいよ」

「レモングラスを使ってるの、メコンの香りよ。これがないとカレーって気がしないわ。いつかレトルト・パックのジャパニーズ・カレーを食べたの。美味しいことは美味しいけれど、物足りなかったわね。やっぱりレモングラスがないと」

「同意できるね、美味しいことはそうだけど」

「ビーチに出ましょう、食後の散歩。今晩は少し風があって気持ちのいい夜よ」

二人はビーチに出て、波打ち際にそって右手に歩き始めた。10分でホテル・サンタ・フェのテラス・バーに行き着く。その夜はバンドが入っていた。

「食事中、ビールを飲まなかったので一杯飲んでいこう」

「おごりましょう、私はオレンジジュースにウオッカを一滴」

メイはアルコールを飲む習慣はなかったが、コーヒーに一滴スコッチを落とす程度なら飲むことはできた。が、それはとても珍しいことであった。

ケニーは「あれっ、初めてだなあ、彼女がそんなドリンクを飲むなんて。いつもと違うけど」と、いぶかしがり、変な胸騒ぎがした。

バンドはエレクトリックのベース、ボーカリストはエレクトリック・アクースティック・ギター、もう一人がドラムスの３人編成で、カントリー・ロックを巧みに演奏していた。その中でもザ・イーグルスのテキーラ・サンライズは絶品だった。

It's another tequila sunrise
Starin' slowly 'cross the sky, said goodbye
He was just a hired hand
Workin' on the dreams he planned to try
The days go by・・・

テラス・バーの前はリーフに囲まれた穏やかなハガーニャ湾の浅瀬、その向こうはフィリッピン海、その上に広がる星空、誰だってテキーラ片手に時間をつぶしてみたくなる。今の二人にぴったしの曲だった。

「上手いね、彼ら。 The days go by･･･ 渚のバーにはピッタシだよ」

「サンタ・フェにはいいバンドが出るってローカルは言っているわ。向こうにあるビーチ・バー、ジミー・ディーはもっとロックでパーティー気分を盛り上げてくれるけど、ここはツーリストの客中心だからちょっとムーディーな感じかなあ」

曲が終わるとエレクトリック・アクースティック・ギターを持ったリード・ボーカリストが、ラストはチャモロ・ミュージックでクローズすることを告げ、イントロ・メロディーを奏でた。左手の指のスライドを効かせ、エコー効果を増幅させる。それをベースが単音で追いかけ、ドラマーはボンゴの手打ちに変えてバック・ビートを刻む。いつもラジオから流れる陽気なチャモロではなくて少し哀愁を帯びた曲であった。

フィリピーノ・ソングのように響いたが、そこまでの重さはない。やはり、チャモロである。ついついつま先でリズムを取りたくなるのだ。メイもサンダルの先で床を叩いている。それまで英語だったが、このクロージングの曲だけはチャモロ語で歌いだした。見事なエンターテイメントである。ケニーもメイもチャモロ語はわからない。

「これは、グアムに残した彼女を想っている男の歌だね」

「違うわ、グアムに残った彼女の歌よ。彼に早く帰ってと呼びかけているの」

「彼が帰ってきたら、二人は何をするんだろう？」

「久しぶりに、あれ……でしょう」

言葉の遊びに戯れる二人は来るべきその時に向け、こうして心技体の『心』を高めている。バンドのライブが終わり、彼ら二人はビーチ沿いをアパートに向けて歩き始めた。たった一滴のウオッカが効いたのか、はたまた星空のドームに反響する波の音に酔ったのであろうか、メイが囁いた。

「何だか、空に吸い込まれそうね。そこのベンチで休みましょう」……

二人が腰かけると同時に、それまでさえずりを続けていた波音に異変が起きた。

突然吹き荒れる気まぐれなハガーニャの風だ。湾の入り口に停滞していたのだろう、その風はひときわ高い波音を伴ってビーチを襲った。ベンチで休むメイの髪の毛の数本がケニーの口に入った。右手の小指で取り除こうとしたケニーを制して、「ゴメンネ、風のせいね」とメイは自分の左手の親指でその毛を巻きつけ、その掌でケニーの頬を撫でた。ハガーニャの風がもう一度いたずらっ気をおこし、前よりも強い風を二人に吹き付けた。風に押されるようにメイは自分の唇をケニーの唇に押しあてた。彼女のやや厚めの唇を受けながら、こうなることを直感的に予期していたのであろう、ケニーはほんのわずか顔を後ろにそらせ、はやるメイの意図を殺した。その刹那、今度は自分の唇の圧力を彼女に与えた。同時に、過激にも舌の微妙な振動で彼女の唇を刺激し、こじ開け、彼女の舌先との接触を試みた。その『技』に誘惑され、彼女が自らの舌先を突きかえそうとする。互いの舌先の交差を最小の時間にとどめたケニーは、その『技』を封印し、唇と唇の接触に戻した。まるで彼女の積極的な意図をあざ笑うような自己制御であった。

ハガーニャの風が三度目の吹きつけを送ると、彼はまたもや微妙な舌先を前進させ、今度は舌先の交差と接触の時間を長く保持した。しかも相手の舌の裏側に微妙な振動を与えた。メイの感情はいやがうえにも高まりを見せ、ケニーの動作の全てを受け入れ、自らの体温の熱き上昇を堪能し始めた。これを卑猥と決めつけることは絶対にできない。シニアーとはいえ、健康な男女の自然な性の序幕なのであろう。いや、ここはケニーの『技』に賛美を送った方がいいのかもしれない。月並みだがアリの言葉を引用しよう、ケニーの舌先の物理的モーションと心理的なあざけりを表現する言葉はアリが残した言葉以外にはない。ケニーの舌先は、「蝶のように舞い、蜂のように刺す」で、あった。

ハガーニャの風の四度目の吹きつけを待つことなく、メイはレモングラスのため息で喘ぎながらも確信に溢れた声で囁いた。

「センシティブすぎるわ、このままだと……ベッドにいきましょう」

このままでは彼の『技』に酔わされてしまう。みずからロープを背負い、相手をさそい込み、その『技』を殺し、『体』のもつれあいから一瞬の隙に反撃を試みる、アリの必殺テクニックことロープ・ア・ドープしか彼女に残された術はなかったのであろう。

ケニーの独白

女性の肉体の美をどこに見つけたらいいのだろうか？　俺は美の存在自体を問いただしてはいない。美は主観的なものだろう、だから自分は美の何処に惹かれているのだろうか、そのことを問うている。今夜それがわかったと思う。勿論ここでいう美はエロチシズムに起因する美のことだ。彼女は若い肉体ではない。それゆえ、若さがもつ肉体美とは異なったもの、いや年齢だけが育んだ肉体美、俺は今夜それを見つけ、感激した。それは彼女の腹部の豊かな曲線美であった。極限までに体脂肪を絞ったアスリートとは異なった自然な腹部。人生の衝撃に耐えてきたとも言うべき脂肪分を蓄え、それが男の欲望を誘うまろやかさに昇華していた。サイドテーブルのランプの薄明りがベッドに横たわった彼女の腹部にエロチシズムの陰影を与え、俺は欲情を超えた耽美の深淵にロープ・ア・ドープしてしまった。ピエール・ルノアールが描く水浴の女、豊かでかつ自然な曲線的腹部のエロチシズム、そしてレモングラスの香り、まさに耽溺の一夜であった。

・・・the rope-a-dope!

8章　転機

作戦計画が障害なく進み、それが予期された以上の結果を伴うことは一面において立案者を過信の盲目にしてしまうリスクを秘めている。成功の美酒に潜むロープ・ア・ドープの罠をメイは自覚していたのだろうか？

ここまでのストーリーを振り返ってみよう。ケニーがPICリゾート大ホールでのチャモロ音楽に聴覚を破壊され、騒音から無言の脱出に成功した時、メイの自尊心は傷つき、「年齢の蓄積の中に美貌を刻み込んだチャイニーズの女から一言も言わずに去っていくなんて！　いったいどんな価値観の男なんだろう？」と彼女は自問したのであった。そしてこれが彼女の狩猟本能に火をつけた。ハイスクールの慈善パーティーへの電撃的な拉致、押しかけのニホンゴ授業、広東風一品料理の魔術、サンタ・リタの滝での挑発、そして勇気ある上陸制圧戦を貫徹したレモングラスの夜の完璧な勝利、メイに残された課題はケニーの内面を完膚無きまでに服従させることだけであった。

「これには、少々時間をかけよう。人の心理は深く複雑だわ。様子をみながら、ステップを踏んで調教のレベルを上げていこう。その方が楽しみもあることだし」

彼女は勝利をかみしめながらも、それに溺れることなく次のステージ、即ちケニーの隷属化を視野に入れていた。狩猟で得た獲物をただ一回限りの晩餐で消費させてはもったいない、活用没有到期！活用に終わり無し、無限に食い尽くさなくては。メイは自分を鼓舞した。

「まず、もう少し中国語が上達して欲しいわ。それに、すき焼き・シャブシャブまで料理の幅を広げてもらいたい。でもグアムの何処の店で薄切り牛肉を買ったらいいのだろう？」

そのころメイにとって良くないことが二つ起きていた。彼女はローカル客相手のステーキハウスをハガーニャ地区で経営していたが半年前に３万ドルで売却した。相手はジョニーという馴染客であり、彼の一族はグアムに土地を持っており風来坊ではない、氏素性はしっかりしている。前金として一割の 3000 ドルをキャシュで受け取り、残金 27、000 ドルは毎月ごとの 24 回払いと取り決めた。月々の支払いは 1、125 ドルとなり、これまでメイがきりもみしていた頃の売り上げから計算すれば十分に余裕を持って支払いできる月額であった。レストランそのものはそこそこの売り上げであったが、併設したカラオケバーの売り上げの額と粗利は大きかった。グアムのローカルはパーティー好きである。家族の誰かの誕生日、卒業、婚約、何かにつけて一族郎党が駆けつけ、アルコールの消費とともに歌声をあげる。ツーリスト客中心のトゥモン地区のバー・レストランと異なり、ここローカル相手のバーでは資本主義の発展段階はまだ低次だ。コミュニティー精神の名残が残っている。そうしたパーティ予約が入った夜は、片隅のテーブルに料理数品をサービスで置く習わしである。いってみれば即席のブッフェであり、料理はメイ自らが作るときもあれば、彼女の友達に頼むこともあった。時にはパーティーを予約した客が自ら持ち込むこともある。料理が呼び水となり、彼らは飲んで食って声を張り上げ、一晩で 1000 ドルを超える売り上げに達することもある。

これだけの賑わいを見せたステーキハウス兼カラオケバー

を新オーナーのジョニーが切り盛りできるかどうかメイには分からなかったが、固定客込み、カラオケ装置込みの売却費3万ドルは安いものであったろう。よっぽどへまをしない限り、店はそこそこやっていけるはずであると、とメイは判断し、24回の延べ払いを好意で提供したのであった。オーナーが代われば、売り上げも変わる。上がるか下がるか、そこがオーナーの腕次第、努力次第、水商売の水たる所以である。

結論を急ごう、この男には忍耐力がなかった。夜ごとに馴染を気取って通っていた男など経営の傍観者になれても実行者にはなり得ない。経営とは忍の一文字、朝10時にその日の仕込みと昼食の準備を始め、11時半に開店し2時半まで続ける。客席のコーナーの長椅子の上で午後の休息を取り、5時からのハッピーアワーで仕事帰りの一杯飲み客をもてなし、8時からのピーク時では忙殺される。夜の12時で閉めるが時として早朝2時過ぎになることはこの種の店の常識である。このペースが一年を通して続く。片づけをして、家に帰る頃はグアムのそこらじゅうに生息する野生化した鶏の鳴き声を聞くことも珍しくない。

でもこれらは単なる日常業務であって、時として厨房の修理に追われることもあれば、常用しているウエートレスの欠勤の代わり手を急に見つけなくてはならないこともある。儲けは悪くない、が過酷な仕事である。そして終わることのない繰り返しの日々である。

「料理人の一人くらい雇えば？」は個人経営のレストラン・バーにとって致命傷となる。何故って？　確かにパーティーで盛り上がる夜はあるかもしれない、でもそれは月にして数回だ。料理人を雇えば重い出費となる。新オーナーとなったジョニーがこの過酷なビジネスに耐えたのはたったの４ケ月であった。加えてもう一つの欠点をこの男は持っていた。メイのもつ愛嬌がこのチャモロ・フィリピーノ混血のヤサ男にはなかった。まあこれは欠点というには彼に酷だろう。若くしてグアムに難民として住みついたメイが生活の中で育んだ後天的な客寄せの誘惑美をこんな甘ちょろいローカル男が持つ訳はなかった。メイの微笑み返しがカウンターの奥から消えた日を境に、常連客は一人減り、二人減り、４ケ月で潮は干潮にまで干上がっていった。客商売は干潟が見えてからが本番である。でもこの男はそこから巻き返しを図るガッツなどを持ってはいなかった。それにまた同じことの繰り返しの日々にもギブアップ寸前であった。所詮商売に夢を追っただけの男であり、難民女性特有の粘り腰などなかった。

それまでメイに支払われた月賦が滞りがちになった時、彼女はケニーを誘い、そのレストランでの昼食に招待した。様子伺いを兼ねて支払いのプレッシャーを掛けるつもりであった。

「ハーイ、メイお元気？」

「元気よ、あなたは？　お仕事は順調？」

意味もない型通りの挨拶の中、その男はメイの頬にキスをした。どうも調子のよさそうなヤサ男であった。フィリピーナのウエートレスが注文を取りに来たので、メイはポークチョップ、ケニーはハンバーガーとバドワイザーを注文した。

「どう忙しい？」とメイが彼女に尋ねた。

「そうでもないわ？　ランチ・タイムはそれほど前と変わらないけど、夜のバーのお客が減ったわ」と答えが返った。

彼女が厨房に去っていったのを見届けてメイがケニーにささやいた。
「彼女は私の頃から働いていたのよ。結構働き者のウエートレス、いい情報源よ」
「今の時間、ランチタイムを過ぎたせいかもしれないけど、少し店内の雰囲気に張りが無いようにみえるけど」とケニーは思いつくまま印象を吐露した。
「よく見たわね。問題ありの気配を感じた？」
やがてランチが運ばれてきた。出てくるスピードは問題なかったが、メイとケニー以外には客がいなかったのでそれも道理であった。ハンバーガーの焼き具合はミディアムを頼んでいたので肉はジューシーであったし、レタス・トマト・オニオンの野菜も新鮮であった。彼女の骨付きポークチョップにはサラダと山盛りライスが添えてあった。
「レシピ―は変わってない。量も落ちていないし、味も変わってないわ」
「一度、夜のバータイムに来てチェックしてみたら。だって夜の方が売り上げが大きいだろう？」
「そのうち一度来てみるわ」
食事が終わりメイが勘定を済ませながら、ジョニーと話している間、ケニーは外で待った。勿論彼はメイ時代の店の繁盛度合いなど知る由もないが、どうもこの店には華やいだものが無いのが気になった。
「まあ、ランチタイム過ぎの時間のせいだろう。それに、俺が気にすることではないし」と、かってな詮索を打ち切ろうとしたが、「あのヤサ男にはホシがないね」と、また堂々巡りに戻った。ホシとは運気のことである。ケニー・カサオカ、この男は不思議な予感を持っている。彼の広汎性発達障害は予感が鋭く、時として予見性を持っている。とりわけ「この男、もう先がないなあ」というのは良く当たる。なにしろ、大腸内視鏡検査を受ける前から自分の大腸癌の予見までできた男だ。「この店には運気なし」が彼の予見であったが、メイには伝えなかった。

ケニーの独白

勿論俺は飲食店経営など未経験だ。でも他の小企業経営者は見てきた。彼らに共通しているのはアクの強さだ。『俺の考えがイチバン』、この思い込みを彼らは持っていた。メイにすらその気配を感じる。ところがあの男にはそれが無い。メイはそのことを感じているのかな？　そこが問題だ。でもまあ、俺とは関係ない話だ。詮索はやめとこう。

・・・

メイは視察を兼ねて早い時間のバーに出かけてみた。5,6人の客がいたが、平日のこの時間としては普通であり、昔の馴染客が一人目に入った。

「メイ、グッド・イーブニング、店を売ってからどうしてんだ？　時間をつぶすのに困ってない？」

「やっと自分の庭仕事の時間ができて毎日忙しいわ。仕事帰りは相変わらずここに寄ってるの？」

「他に馴染のところもないしね、俺はここに決めて長いから。でも……」とその男は何やら言いたそうにカウンターの奥を眺めながらグラスに残っていたビールを喉に流し込んだ。メイはさっきから気になっていたが、カウンターの向こうにはジョニーの姿がなかった。そのかわり、30歳半ばの女性が切り盛りしていた。ジョニーと同じく、チャモロ・

フィリピーノ混血らしい整った顔の女性であった。「彼女はクリスティーって名前だけど、ジョニーが出ない夜は彼女が働いているんだ。愛想は悪くはないよ、でも以前のように、メイ、あんたがいつもいるって方が客としては落ち着けるんだなあ。それにどっちみちあのクリスティーもジョニーのそれだと分かってるから、まあなんとなくよそ行き気分になってしまうよ。ロッドと、サムを覚えてるかい？　あいつらもこの店から離れていったよ」

メイにはおよそのことが理解できた。パーティーの盛り上がりは大いに売り上げに貢献するのだが、けっして毎夜のことではない。この昔の馴染客が言ってるように、「そこへ行けば、いつもの顔がカウンターの向こうにあって、バドワイザーの一瓶を２ドル払って飲んで、話して、横に座った客に愛想笑いを飛ばして、そうした何でもないいつもの夕方の日課が一日の仕事を締める気分にさせてくれる」この事がバー・ビジネスを長持ちさせる基本なんだが、ここのところをジョニーは理解できていない。メイはそう推測し、「そんな客が時に大判振舞をしてくれるのだが、どうやらジョニーはもう逃げの気持ちになっている。我慢のないせっかちな男だ」と思うとメイの喉に酸っぱいものが流れ込んだ。

メイが３万ドルで売却したステーキハウス兼バーはその一割の前金と、その後の４回の月賦を受け取っただけの結果となった。そのレストランが入ったビルを所有するオーナーからメイに電話があり、厨房器具とカラオケ音響機器がきれいに消え、店が閉められたと告げた。つまりは夜逃げだが、せまいグアムの島のことジョニーのいく先は知れている。メイは数回彼のもとへ足を運んだ。債権はあってもそれが現金に代わるのが無理と知るのに時間はかからなかった。また、メイの弱みでもある信用売りでは、裁判に持っていくには無理があり、「仕方ないわ、３万ドルが消えたけど、それまでにたっぷり儲けたから」と自分を慰めるしかなかった。信用貸し、ここには華僑の弱点もある。13人兄姉の末っ子であるメイの一族は米本土、欧州、東南アジアに広がっている。いや、義理の何とかをたどればヨコハマにさえ一人いる。彼らはそろって商売志向の華僑であり投資資金の融通を親族に頼むことは頻繁にある。いったい華僑は商売上手なのか？ 繁盛することもあれば、そうでないこともある、これは華僑に限った話ではない。彼らは信用に厚いのか？ それに厚い兄姉甥姪もいれば踏み倒す親類もいる。所詮儲けが生まれなければ貸した金は返ってこない。それでも手っ取り早く貸し借りができるのが親類の強み、便利なとこである。メイはついついこうした信用貸しに慣れてしまっており、今回のレストラン売却も売買契約書なしの口約束であった。うまくいっていれば税申告不要のキャシュのやり取りであったが、今回は見事に裏目にでてしまった。もう愚痴を言ってもはじまらない。

　こういうのを見事なダブル・パンチというのだろうか？ もう一つの良くない知らせが彼女の元にもたらされた。彼女と元夫が二人の娘の手を引き、また彼女のお腹に二人の子供を宿しながらサイゴン陥落の前に香港経由でグアムに逃れ、幸運にも車の空調ビジネスで成功できたのは、米軍軍属のスポンサーがいたからであった。軍属であったその男が、元夫のさしあたりの仕事の口を軍に紹介してくれ、彼が借りていたアパートを又貸ししてくれ、メイ一家は幸先良いスタートをグアムの土地で切ることができた。 また後日元夫が自立する時の銀行ローンの保証人にすら彼はなってくれた。軍属としての彼の当時の仕事は海軍修理工廠のプランナーであった。修理物資の手配と修理工の確保は戦争の影に咲いた裏花であり、実入りはよかった。戦争が終結すると、彼は大手飲料会社のタイ進出の現地支配人に転職し、そこでタイ人女性を妻にした。とにかく手配の仕事に長けた人物であった。グアム時代に受けた彼の好意はメイと彼女の元夫、それに子供達全員にとって新生活の成功への踏み台となっていたのであり、一家にとってはいくら感謝しても感謝しきれないものであった。毎年４月30日のサイゴン陥落の日になると、メイはこの過去を思い出し、彼に感謝の熱い思いを感じるのであった。

その後リタイヤーし、生まれ故郷のノース・カロライナに引っ込んだこの元米軍軍属の最近の便りは芳しいものではなかった。彼自身重いクレジット・カードの負債をしょい込んでいる為にクレジット・スコアーが悪く、家の買い替えの為の住宅ローン金利が高く設定される羽目に陥っていたのであった。米国での健全な生活の為には無理なクレジット・カードの負債を引きずらないのが鉄則である。家の購入、そして成人家族の頭数だけ必要とされる車の購入は全てローンである。現金で車を買う消費者など皆無だ。ローン金利はクレジット・カードの負債額に比例して高いものとなってしまう。シアトルにいるメイの娘の一人を通してこの情報が届けられた。

「またたわ、以前にも負債低減の助けをしたのに」とメイは気が滅入った。

それを知らせた娘でさえ少し前にはクレジット・カードの

負債で喘いでいたことがあった。統計によれば、アメリカ人の平均クレジット・カード負債額は１万５千ドル近辺である。

「消費先行の社会なんだわ。その点に限っては華僑は慎重だけど」

レストラン売却の失敗、元スポンサーのレスキュー、このダブルパンチは尽きるところ金の手配であった。レストラン

売却で入った金でスポンサーの窮地をカバーできたとしたら理想的であったろう、でもそれも不可能になった。さて、どうするか？　メイは思いをめぐらした。悪がしこさも又彼女の一面である。

メイの独白

まず一番手っ取り早い方法は亡き前夫から引き継いだ退職者預金口座から現金を一部引き出すことだが、少し頭の痛いことがある。無税の年間引き出し額限度を私は既に使い切っているので、ここで臨時に引き出せば収入とみなされ、来年春の税務申告書に含まなくてはならなくなる。これは避けなくてはならない鉄則の一つだ。まったくもってレストラン売却の失敗が糸を引いている。元スポンサーのクレジット・カード負債額は２万ドルと娘が言っていた。この情報は娘から娘の父へ、つまり私の別れた元夫に伝わっている。彼の仕事が成功したのもスポンサーの援助あってのものだったので、ここは私と彼の折半でレスキューする話になるだろう。あまり会いたくはない男だが、仕方がない。彼にとっては１万ドルぐらいは造作もない出費だろう。とにかく一度話し合う必要はあるわ。さて私のレスキュー分をどうひねり出すか？ 幾らかは私の手持ちから出すとして残りを何処から都合つけようか？

・・・

メイが一時的な借金対象としてケニーの存在を意識するのに時間はかからなかった。「ここは速攻で決めよう」と彼女は企みをめぐらした。

レモングラスの残り香はまだケニーの脳裏に余韻を残していた。男はロマンに弱い。まして「蝶のように舞い、蜂のように刺した」自惚れに酔った後の数日間、彼はハガーニャの風に揺れる椰子の葉であった。思考回路はブロックされ、ただただ風に身を任す心地よさの中に漂っていた。いつもの如くの風林火山で電話が鳴った。

「ケニー、香米は炊かなくていいわ。中国茶アリマスカ？」

「コーヒーしかないけど、お茶がいいの？」

「是、我要中国茶、現在几点？」

「現在……ええっと……現在下午二点半」

「好好、お茶買ってから行きます、今日は飲茶シマス」

風に揺れる椰子の葉状態であったケニーはこの会話で空腹を感じた、それもそのはず、午後２時半だ。「一体彼女は俺の胃袋までお見通しなの？　でも飲茶とはありがたい」

しばらくしてプラスチック３箱とジャスミン茶を持ってメイが現れ、「大きいポットがあったはずね、底に水を張って蒸しましょう」と以前自分が持ち込んだ深いポットをシンクの下から探し出した。ケニーは使った事がなかったが、そのポットの内部には穴の開いたステンレスの受け棚があり、蒸し器だった。プラスチック箱から取り出した最初の一品は肉料理であり、湯気が上がり、蒸されると強烈な油性、肉性、香味が一体となった匂いがキッチンを包んだ。手際よくそれを取り出し皿に盛りつけ、彼女はそのポットを洗い、二品目の蒸し物に取りかかった。ポットの底は浅く、お湯をはすぐに沸騰を始め、今度は湯気の中に穀物と野菜の匂いが篭った。
「何それ？　お米？」
「糯米ライスの茸入りよ、調理済みだから湯気で温めるだけ、前のお肉も調理済み、最後の箱は生春巻き、これはサラダだから蒸しません」
ケニーのアパートは40平方米少しのワン・ベッドルーム、その狭い空間が香港九龍半島ネーザンロードの横道の奥の、そのまた奥の脇道の、さらにその奥の、名も無い通りに溢れる鴨とアヒルのあぶり焼きの生気で満たされた。
「さあ、お茶を飲みながら、オーシャンフロント中華街の飲茶タイムよ」

ケニーの独白

たったの10分でこの部屋がチャイナタウンに変身。俺はまだロープ・ア・ドープされた覚醒の世界にいるのだろうか？
このマジックを何と名付けてたらいいのだろうか？　ヤムチャ・デ・ドープ、イマイチだ。まだまだ語学の才がない。
・・・
「この肉は何？　匂いがきついけど、とても美味しいよ、好吃(ハオツー)！」
「今まで食べたことなかったの？　山羊の肉よ」
山羊の肉、ゴート・ミート、この言葉がケニーの思考回路を無限ループに追い込んだ。さっきから彼は部屋に漂う不可思議な肉性の匂いに思いを巡らしていた。確かに香港九龍半島の匂いはする、でもそれは八角・桂枝・陳皮・エトセトラ・エトセトラの混じりあった匂いであり、この肉自体が発する匂いではないとケニーは感じていた。むしろサッポロビール園、あるいはアラブ料理店、いや中近東のバザールで漂う肉の匂いに似ている、しかしもっと強烈だ、彼はそう感じていた。

それが山羊の肉と告げられケニーは納得した。

「いやあ、羊肉は好きだし、よく食べたよ。でも山羊は生まれて初めての経験」

「中国語のレッスンね、羊の肉も山羊の肉も同じよ、ヤンロー（羊肉）って呼ぶわ、本当は違う動物だけど肉を食す時は同じ呼び方をしているの、何故って聞かれても私には分からないわ。それとベトナムではお祝い事の時よく食べるのよ、ベトナム人に放牧の山羊を見せたらダメ、100パーセント拉致されるわ」

蒸し戻したヤンローの煮込みと糯米の茸飯、箸休めの生春巻き、たったの三品であったが、けだるいグアムの午後には最適な飲茶タイムであった。ケニーの表情が満足感と弛緩を見せた時、メイが切り出した。

「ケニー、一つだけお願いがあるの。私達一家が難民としてこの島に来た時、アメリカ人のスポンサーのおかげで私達がいいスタートを切れたって、そんな話をしたことがあったでしょう、覚えてる？」

「覚えてるよ、初めて聞く言葉だったので調べてみた。アメリカだけでなくカナダにもそうしたスポンサー・プログラムがあったね。それで昔東海岸で働いていた時の職場にいた人達のことを思い出したんだ。ラオス、カンボジア、それに、やはりベトナムの人達だった。みんなエンジニアだけど、彼らは正規の英語教育が受けられなかったから、そのスポンサー・プログラムに頼りながら夜の英語クラスに２年ほど通った、って言っていた。中には話す英語に殆ど母国語のアクセントをとどめていない人もいた、少数だけどね。きっと若いうちにアメリカに来たからなんだろう」

「そうよ、私達はほんとに幸運だったわ、前の夫はそのスポンサーの紹介で電気工事の仕事にすぐ就けたから。そのスポンサーの事で、あなたに一つお願いがあるの。彼のクレジットの負債を清算してあげたいのだけど、それは私の元の夫と私で半分づつ受け持つことにしたわ、それで私の分のうちいくらかあなたからお借りできないかしら？　10か月払いで3000ドル。あなたと以前一緒に行ったあのステーキハウスの売却は結局失敗しかけているの、それがなければあなたに頼む事はないけど。あの男を追いかけてはいるのだけど回収の可能性は薄いわ。私のミスだけどね」

ケニーの独白

その件は容易に理解できた。あのホシをもたない男にレストラン経営は無理だということ、そしてメイが弁護士に相談していることも知っていた。結局回収は無理になったのだろう、でもそれでたちどころに彼女が金銭で困ることはない、あの亡くなった前夫の家はいい値段で軍人に貸しているし、その彼が残した資産は充分にあるだろう、いつかそう言っていた。でも、どうして俺から借金を？　そこのところが、いくらロープ・ア・ドープ状態の俺でももうひとつスッキリしないのだけれど。でも、それ以上の推測がヤンロー（羊肉）、いや山羊肉の魔術にかかった俺にはできない。

・・・

いぶかしがるケニーの横顔を盗み見しながら、いや無視しながらメイはハンドバックから小切手帳を取り出し、受取人ケニー宛ての額面310ドルの小切手を10枚書き上げ、署名した。10ドルは一か月分の金利だ。最初の支払日は今から60日後の月末、その後の支払日は毎月の月末、そのように日付が書かれていた。その小切手はバンク・オブ・グアム、便利なことにケニーの銀行と同じ。彼女の口座に残金がある限り、期日指定の小切手を銀行に持ち込めばケニーの口座に現金が入る。そしてその小切手が落ちなかった場合彼女の信用は崩れ、大きなトラブルを背負うことになる。

アメリカ資本主義の下では、電気代も電話代もパーソナル・チェックが無効となればたちまち支払いができない、不良小切手発行者のブラックリストにも載る。そこまでのリスクを負って彼女が借金を踏み倒すだろうか？　覚醒状態の中で、それでもケニーは必死に思考回路を活性化させた。

「別に3000ドルが持ち逃げされる訳ではないし、さしあたり大きな買い物の予定もない。3000ドルが出ていっても俺の預金残高はまだ安全圏だ。それに先払いの小切手が俺の手元にあり、しかも月10ドルの金利付きだ。余裕があるのに、貸さないなんて。ケチくさいと思われるのもちょっとどうかと思う、大きな気分で気持ちよく貸してあげよう、それでどうってことはない」

広汎性発達障害のケニー・カサオカ、彼はキャシュ・フローに関しては極めて保守的で、小心で、警戒心の塊である。彼は60年余りの人生において、金銭を貸したことも無ければ借りたことも無い。例え駅蕎麦一杯、しかも最も安価な掛け蕎麦、を無心されたとしても断る健全性をもっている。かといって世間通常の冠婚葬祭費まではさすがにケチることはない。彼がキャシュ・フローに関して敏感なのは全てマイクロソフト・エクセルシートに帰すことが出来る。それ以前は金銭出納帳、もっと以前の子供の頃はお小遣い帳、彼はとにかく記帳にマメなのだ。予定された入金と出金のバランスの中で消費生活を営んでいる。その週の予算が何かの原因でオーバーすれば週末のゴルフをスキップする。週前半の買い物が予算を超えれば、週後半はタダ同然の砂肝と鶏レバーとニラ玉メニューで調整する。つまりは自分で立てたプログラムへの撞着があまりにも強すぎるのだ。そこまで自己愛に生きる彼が惜しげもなく3000ドルを貸すとは？　彼の思考回路に暴走の欠陥があったのだろうか？

メイの独白

何時の事だったろうか、ニホンゴのレッスンの時、彼が「我要去厕所」と言ってトイレに席を外した時、私は「フェイスブックにログインしていい？」と尋ねた。彼は数年前に大腸癌の手術・治療を経験しており、その後遺症だろう「厠所」に時として走ることがある。そこでの滞在時間はこれまた時として長い。私は彼のパソコンで自分のフェイスブックにログインしようとした。その時だった、彼のエクセル・シートが画面下に最小化されていたので何気なく広げて覗いた。ちょっとした覗き見のスリルだった。

シートのタイトルは「退職生活計画書」とあり、食費・レジャー費・ガソリン代・エトセトラの週単位出金予定がそこにあった。小まめな男だ、決して悪い事ではないけど。もう一つのシートのタイトルには B_of_A とのタイトルが付けられていた。B_of_A?　一体何だろうといぶかしがり、覗き込んだ。それは Bank of America の事だろうと想像できた。何故？　だってそこには当座預金残高と並んで無記名預金証書口座の額が記帳されていた。更にもう一つのシートを覗いた、それは401K こと退職金口座で彼は過去数年間の金額変動をグラフ化していた。見事なエクセルの技である。折れ線グラフは確実な勾配でもって右肩上がりを見せていた。

私は結論した、この男、『小銭を持っている』と。

9章　疑惑

ケニーが3000ドルの小切手をメイに渡してから２週間が過ぎた。ロープ・ア・ドープとゴート・ア・ドープの二重覚醒もようやく去り、正常な思考が戻ると彼は自分の愚かさにさいなまされる羽目に陥った。

「どうしてあれだけの金額をいきがって貸してしまったのだろう？　しかも､大物ぶって､鷹揚に。その気があったから？　そりゃああったし今もある。でも理解できないのは俺本来の金銭哲学、貸し借り無しの人生哲学、こいつがどうして狂ってしまったのだろう？　確かに貸した金は金利付きで戻ってくる。その点は心配しなくていい。でも解せないのは冷血に拒絶できなかった俺の弱さだ、何故だ？」

ケニーはメダルの表側で貸した3000ドルの安全性を必死になって自分に納得させようとし、その裏側でもろくも崩れた自己の金銭哲学の敗北に打ちのめされている。だが、冷酷な事実はこの小心者の御都合な心の葛藤にあったのではなかった。オーシャンフロントのケニーの携帯電話を頻繁に鳴らし、そのドアを突然ノックするあの風林火山が消えたのであった。メイからの音沙汰はなくなり、２週間が過ぎた。金を貸すと同時に彼女が消えたのだ。

スカーレット・オハラが21世紀のグアムに現れたら「金と共に去る」のであろうか？　Gone with the Money、短編パロディーのタイトルにはなり得る。だが 今のケニーは無視され、広東料理の一皿にもありつけない悲哀の谷底で呻吟する男であった。「あれほど煩雑に電話があり、あれほどに広東料理が運ばれたのに。それが突然ブッチリ」

でも心配することはない、小心者とはいえ、広汎性発達障害者の憂愁はそう長くは続かない、ケニーは立ち直ろうとしていた。根がシンプルにできている。

「もうジーゴの彼女の家にご機嫌伺いで行くのは金輪際やめよう、未練たらしいたらありゃしない。金を貸したら去って行った、それでいいじゃあないか、3000ドルで俺の人生が破滅する訳じゃあない、でもこれで俺のチャイニーズ・ロマンスの遍歴は終わりにしよう、引退だ、これからは枯れていきよう!」

グアムの中部にさびれたゴルフ場が一つある、ウインドワード・ヒルズ・ゴルフコースと呼ばれるゴルフ場だ。さびれたとはいえグアムでは最古のゴルフ場で、80-90年代はグアムの観光産業で一儲けしたゴルフ好き日本人で週末はよく込んだものだ。が、その後建設されたコースとの競合に負けたせいか、このコースも今は人影まばらとなった。平日にプレーすればまさに「エルビス・プレスリー」の気分を味わう事ができる。つまり全コース貸切の気分だ。前のパーティーのスロープレーにイライラすることは絶対にない。コースに雑草が？　大丈夫、適度にメンテされている。中級住宅街に近いアメリカのパブリックコースを想像すればいいだろう。二度打ち、三度打ちしたって構わない、腕を磨くには最適のコースだ。ダブル・ドープの覚醒から何とか気分転換を図ろうとしているケニーにはピッタシのコースである。

「よし、今日はあそこにいってみよう、もやもやを解消し、昨日を忘れて明日のドアをノックしよう。しばしゴルフに熱中時代！」と決め込み午後遅く出かけた。

彼は今日のルールに「ベストボール」方式を採用した。自分勝手なルールで、ケニー本人を「スライス・ケニー」と「フック・ケニー」に分割してティーショットを二度打ちする。フェアーウエイのいいところに落ちたボールを二打目とする斬新で自己研鑽の精神に富んだルールである。

メイの独白

連絡はしたくなかったが今回はスポンサー救済の為の止むを得ない状況なので別れた元夫に連絡を取った。シアトルの娘からこの情報はもたらされており、彼は２万ドルきっちりを準備していた。半額分の１万ドルは私負担と覚悟していたが全額とは好都合だった。車のAC修理のビジネスは順調で、今は彼自身が手を汚すことはなく、腕のいいベトナム出身のメカニックを３人も雇い、彼らにまかしている。グアムで走る車は概ね米国西海岸からの輸入で、中古車であっても高価なのでローカルは走行15万マイルを目安に、さらに20万マイルをめざし、さらにその上乗せを狙うわ。ボディーの錆など気にしない彼らもさすがにAC不調のままでは運転を辛く感じる。事実、快晴の午後に窓を開けて走っても熱気が入ってくるだけ。海岸線を走る車は朝風・夕風・昼間風、常時、太平洋・フィリピン海からの風と湿りを浴び、塩気のデザートまでがサービスされる。ACのコンプレッサーとコンデンサーには働き甲斐のある土地柄だけど、パーツにとっては重労働過ぎるのも事実。元夫はいい仕事を見つけたものだわ。

ところで彼が２万ドルきっちりを準備してくれたのはありがたかったが、さてケニーから強奪した3000ドルは何に使おうか？　ポッケに入れちゃおうか？　私にも遊び心が必要だわね。

・・・

メイにひそかな楽しみがひとつある、グアムのバーのカウンター横に置いてあるポーカー・ゲーム機だ。一昔前はコインを投入していたが今は、$20、$40……のプリペイドカード式で、勝った場合はポイントがカードにチャージされ、またの機会に遊べる。とにかく勝ち負けの結果は早く、20ドル分のプリペイドなどたちまちなくなってしまう。パーティー会場でのワッフル、スーパーマーケットで売っているロッタリー、シニアーセンターのビンゴゲーム、バーのポーカーマシン、いずれも可愛いギャンブルとまでは言えないお遊びだが、どっこいこのポーカーだけは愛好者を夢中にさせる要素をもっている。単純に当るか、外れるかではなくて、役をつくる分だけ面白いゲームだ。

華人熟女は総じて麻雀好きだ、週に一度は誰かの家で夜の更けるまで遊ぶ。あのシンディーやマダム・ドラゴンとて例外ではない。九龍半島の路地裏で見られるようなストリート・麻雀ではなく、上品な家庭麻雀だが、そこそこの掛け金は回遊する。その風景もまた様になっている。食事が終われば食卓を隅に追いやり、代わって麻雀卓を据え付ける。キッチンがカジノに変わり、卓の表面に引かれた薄い緑の敷布が華人熟女の勝負心を掻き立てる。

卓の向こうはシンクで、その壁には中華鍋が掛けらている。彼女達はゲームの開始をすりこぎ棒でグゥワーンと叩く。銅鑼である、いや勝負開始のゴングであろう、もう彼女達からは噂話と愚痴話は消え、広東人特有の温和な丸い目が満州人の細い豹の目に一変する。

メイも何時かはそうした仲間に入りたいと思っていたが、レストラン経営の身ではそれもかなわなかった。そのかわり、あまり客がいない時は気晴らしでポーカー・ゲーム機で遊んだものだ。失敗に終わったレストランの売却だったけど自由の時間ができ、庭仕事、そしてニホンゴ学習とこの３ケ月間、彼女は充実していた。ケニーのニホンゴのレッスンとメイの中国語レッスンはいつも４時過ぎに終わり、彼が喉の渇きをサンミゲールで潤すころ、彼女はかって自分が所有し、その後コリアン女性ソンに売ったバー「ハッピー・ブレイク」に走るのであったが、この事はケニーには特別話してはいなかった。開店前の食料の買い物を手伝ったり、ケニーに運んだ料理の残りをスナック代わりに持っていくこともあった。そして……ポーカーゲームと興が乗った時のカラオケ、これもまた彼女の息抜きタイムである。

メイの独白

もうカウンターの中に立つことはないけどやっぱり以前オーナーだっただけに夜の「ハッピー・ブレイク」は落ち着くわ。ローカルの知り合いも多いし、オーナーのソンも気立てのいい女性で何かと私に頼ってくるし、13人兄姉の最後の私は妹ってものを持った事がないので頼られるといい気分。レストラン売却の失敗なんてもう気にならないわ、あれはあれ。救済の２万ドルはスポンサーに送金したし、ケニーからちょっとしたお小遣いも貸してもらったし。やっぱり男友達がいるって事は人生の楽しみね、食事にも連れて行けるし、持ち運びがいいわ。いけない、運気がいいのにかまけてしばらくオーシャンフロントにご無沙汰してしまっている。

彼、寂しがっているかな？

・・・

ウインドワード・ヒルズ・ゴルフコースを18ホール回り終わる頃にはもう5時を過ぎていた。そこはグアム中部の丘の上にあり、帰り道は山道から1号線に続く下りで、そこからはフィリッピン海が一望できる。言うまでもない、その夕日の美しい事。

「決して天国って所ではないけれど、ゴルフ場を一人で借り切って、ベストボール方式で遊んで、海に沈む夕日を見ながら帰宅できるなんて、グアムの生活も結構なもんだ」ケニーの心のモヤモヤもフェアーウエイの何処かに置き去られてしまったらしい。

「思い出すなあファイヤーフライ・ゴルフコースを。日曜の午前、マイクやジムとよくプレーしたもんだ。9ホールを1時間ちょっとで回って『グリル＆バー99』に飛び込み、バッファローチキンをほおばる。カウンターからTVを見上げればヒデオ・ノモが投げている、相手はヤンキース、ロジャー・クレメンスだ。遊んで・飲んで・食べてだよ、そのうえ剛球投手の投げ合いを見る、こんな充実した豪華な半日があったなんて!」ケニーの思い出は2001年の過去にフラッシュバックしている。

固有名詞が出てきたので説明しよう。ファイヤーフライ（蛍とはまたしゃれた名前だ）・ゴルフコースとはマサチューセッツ州南部シーコンクの町にある「エグゼクティブ・コース」である。18ホールあるがそのヤードのトータルは4000ヤードに満たない。パー3をメインにした、「エグゼクティブ」

こと御多忙氏の為のコース、あるいは食事前に回るゴルフ運動公園と言ってもいい。とはいえクリークあり、林あり、池には亀が泳ぎ、フェアーウエイにはカナダからの渡り鳥が住みつき、風情ある町中コースである。ケニーの仲間達は18ホール何て長いプレーはしない。何故？　日曜の午后のフェンウエーイ・パークはたいていデーゲームだから、ゴルフの時間も当然切り詰めなくてはならない。おそらくベースボールが3,4イニング目に入る頃、彼らはコースを後にして同じ通りにある「グリル＆バー99」に駆けつけ、遅めの昼食を取り、レッドソックスをTV観戦する。まことに健康的な日曜の午后なのだ。ヒデオ・ノモが一発浴びたところで彼らは動揺しない。が、二発目を浴び、相手がロジャー・クレメンスならば「そろそろお開きにしようか?」の気分も高まる。

ケニーはメイン道路１号線ことマリンドライブを北上しハガーニャ湾の手前にさしかかった。彼のフラッシュバックが激しくRCSを喚起した。RCS?

これはRepetition Compulsion Syndromes（反復性衝動症候群）で、人間が人間であることの証左でもある。苛酷な条件（パニック、怒り、驚愕、困難、あるいは逆に特異な絶頂感）に遭遇すると、人の行動規範は思考の柔軟性を失い、単一的な行動を繰り返す。その繰り返される行動は後天的に習得したものである。権力者が公金を流用した場合、記者会見では、必ず「記憶にございません」と答えるのもその一つの例である。

歴史で最も顕著なRCSには世界中の人が酔った。1974年10月30日アフリカ・キンシャサの闘いでアリのロープ・

ア・ドープの罠に籠絡されたジョージ・フォアマンの攻撃パターンをユーチューブで見てみよう。アリが蝶のように舞ったのは第１ラウンドだけであった。それ以降彼はロープを背負い、時にジョージの頭を両手で抱え彼の破壊力を半減させ、時にスエーバックで彼のスタミナを消耗させ、そのドープの毒をジョージにジワリ・ジワリと注ぎ込んでいったのである。第２ラウンド以降のジョージのパンチを見てみればよく分かる、毒に酔った彼の繰り返すパンチはただただ単調に下からフックを繰り返すのみとなった。まるでサンドバッグを叩く如くであったが、アリはバッグではない、彼は蝶なのだ。第8ラウンド残り10秒、彼は舞い、刺し、ジョージはキャンバスに沈んだ。ジョージは後年、「何が起き、自分が何をしていたのか、記憶にない」と語っている。彼の行為はジムの暗い片隅でひたすらサンドバッグを叩くまだ若く、餓えた日の自分の幻影を追っていただけだったのだろう。それがジョージのRCSだった。

　ではケニーのRCSとは？　彼はファイヤーフライ・ゴルフコースの優雅な半日を思い浮かべ、お決まりのビールとチキンの渇望に突き動かされたのであった。温和で低次元なRCS症候群である。

「一杯飲んで行こうか？　バッファローチキンは無いけど、フライドチキンならあるかもしれない」車のスピードを落とし、マリンドライブ沿いから「ハッピー・ブレイク」の開店の灯りを確かめた後、脇道にはいり、バーの裏手の駐車場まで徐行させた。6,7台は駐車できるスペースはまだ空いてあり、彼はシルバーのインフィニティーの横に入れようとしてハンドルを切った。

「何？　これメイの車じゃあないか？　間違いない、ライセンス番号はMANxxxx」

彼の脳に疑惑が走り、心臓にアドレナリンが奔流し、心理に敗北感が生まれた。ケニーはトヨタ・エコのエンジンを切ることなく、バックさせ駐車場を離れた。

「どういう事なのだろう、3000ドルを貸したらそれっきり無しのつぶて。でもって夕方からバーでカラオケ？　そりゃちょっとないんじゃあない。何だか蛇に睨まれた蛙のようにお金を取られたけど、それだって言ってみれば好意だと思うよ、それなのに！」彼の敗北感は怒りに転化した。

オーシャンフロントに帰った彼は冷蔵庫からサンミゲールの缶を取り出し、一飲みした。腕時計を見た、午後６時５分、18:05。それからパソコンを再起動させ時刻を確認、18:08。

「俺の頭は働いている、時刻も正確に読めている」彼は時刻をダブルチェックすることで己の思考が働いていることを再確認した。まったく幼稚な習性だ。

「どおりでオーシャンフロントにご無沙汰している訳だ。俺は完全にコケにされた。よし、風林火山の爆発だ！　ここで爆発させなければ惨めな敗北者になってしまう。爆発は褒められたことではない、子供じみた行為だ。でも俺はそうしない訳にはいかない、ここで爆発だ！」

ケニーはクローゼットに収納していた段ボール箱を取り出し、その中にシンクの下に使うことなく置いてあったメイ持ち込みのキッチン用品を詰め込み始めた。ステンレス製の蒸し器、茶碗、漆器、箸、ナイフ・フォーク・スプーン、コーヒーカップ＆ソーサー、中華鍋、カバー付きフライパン、大小二組のクッキングナイフ、これらを全部段ボール二箱に移し替え、それをゴルフバッグを取り出しスペースを確保したトヨタ・エコのトランクに積み込んだ。

「さて、植木ポットはどうする？　そこまでやるか？　いやここは風林火山、一切の妥協無し」とつぶやき、軒下に置いてあったチェリー・トマトのポットをトランクに詰め込んだ、時刻19:10。

彼は直ちにマリンドライブを北上し、ジーゴ村に向かった、およそ20数分で到着。彼女の家の母屋には灯りがともっており、その玄関前にはトヨタ・タコマのピックアップとプリウスが駐車していた。娘夫婦とその子供達の夕餉が始まっているのであろう。母屋の横の彼女の離れの駐車スペースには勿論インフィニティーはなかった。エコのエンジンを切ることもなく、「置くなら此処だ」と、彼は運んできた段ボールとポットを素早くそこに置き、「時刻19:45、ミッション完了、全ては終わった」とうそぶいた。

再びマリンドライブに戻り、エコを南下させ、オーシャンフロントに向かうケニーの胸に去来するものがあったのだろうか？　無い、何も無い。彼は何らかの意図を持ってキッチン用品をたたき返したのではなく、また次の一手を考えての作戦行動でもなかった。ビールとフライドチキンを求めたケニーの温和なRCS、反復性衝動症候群は「コケにされた!」の思いで凶暴な破壊行為へと転化していったのであった。どうして？　彼は幼年時代、模型機飛行機作りに夢中になった。竹ひごを蝋燭の火の熱で曲げ、細いアルミ管で竹ひごをつなぎ主翼をつくるのだが、どうしても翼面が滑らかにできない。上昇力を持たない彼の飛行機は大空に舞う事はできなかった。それが分かると彼は「癇癪から」即座にその主翼を破壊し、また新たにワンセット買い求めるのであった。空に舞った彼の飛行機は３台分のコストを消費したが、「破壊があったからこそ、いい飛行機ができたじゃあないか！　失敗は起きる、でもくじけないで壊しちゃおう。きっといいものができるんだ。失敗は成功の母」と言い聞かせ、その出来栄えに満足感を得たのであった。こうしてケニーはある条件下（パニック、怒り、驚愕、失敗、孤独、呻吟、エトセトラ・エトセトラ）になれば、必ず破壊行為に走る。そこには意図はなく、ただアリにドープされたジョージ・フォアマンの姿があるだけだ。

メイの独白

少し興に乗り過ぎたのかしら？　ポーカーで遊び、３曲も歌ってしまい、家に帰ったのは10時半を回ってしまった。駐車しようとしたら、そこに段ボール箱とポットが置いてあった。少し胸騒ぎがした。段ボール箱から中華鍋の柄が不気味に突き出ていたのを見て、私は何が起きたのかを理解した。彼だ、彼が持ち込んだのだわ。せっかくのプレゼントをあの男はつき返したのだわ。いぶかしがる前に私には怒りが込み上げてきた。せっかくの好意なのに。

・・・

午後11時過ぎ、ケニーのセルが鳴った。

「ケニー、一体どうしたの？　私驚いているわ、あなたにあげた物を返すなんてどうしたの？」メイは抑え気味に切り出した。

「俺の台所は君の不用品の捨て場じゃあないよ、君が運んだ物は一生シンクの下に座っているだけだ、全くの邪魔ものだ」

不用品と言われてメイは怯んだ、「この男、あの道具の出所を知っているかも？」
「以前使っていた物かもしれないわ、でもあなたに使ってもらいたいから持っていったのよ、蒸し器だってこの前使ったじゃあないの」
「はっきり言おう、君がここに来て料理をするなんてもう考えていない。俺は俺。簡単な料理には俺が買った道具で十分間に合っている。もっとはっきり言おう、もう来ないでくれ」
「もう来ないでって、どういうこと。だから道具を投げ捨てに私の所に運んできたの？　あまりにも失礼じゃあないの、使わないなら使わないでアパートのダンプ・スターにほり込めばいい話じゃあないの。ニホンジンってそんなの？　いいえ、あなたはニホンジンの恥だわ、贈った人の気持ちが分からないの！」思わぬ強い言葉が彼女の口から出てきた。やはり、彼女にはケニーと自分のナショナリティーの違いの意識が残っている。ケニーとて「だから華僑は……」と思いがちになるのと同じだ。
「ニホンジンの恥」と言われてケニーは舌先に苦さを感じた。「段ボールに詰めて送り返すなんてやり過ぎたか？」だがもう時計の針は戻せない。
「今まで言わなかったけれど、君は強引すぎるよ。あのハイスクールのディナーの夜だってそうだ、それにその台所用品だってそうだ。俺が何か頼んだことがあるかい？　いつも君は一方的なんだ」

今度はメイの舌先が苦くなった。彼女が電話の向こうで声を詰まらせた気配をケニーは感じ、追い打ちをかけた。「君の遊び金に3000ドルを貸した覚えはないよ」メイには返す言葉がなかった。彼女は思った、「私が最近夜遊びしてるってこと、一体どうして彼は知っているの？ シンディーから聞いたのかしら、それとも……」

ケニーが最後の言葉を浴びせた、「君の書いた10枚の小切手を返すよ、だから俺向けの3000ドルの小切手一枚を書いて交換しよう、郵送してくれたっていい、私書箱の住所はEメールで送る」

メイが浅い眠りから覚め、もう習慣になってしまった庭仕事を始めたのは翌朝の7時前だった。まだ日は高くない。ケニーが付き返したチェリー・トマトのポットを裏庭に運び、水をやった。ピンポン玉半分の大きさに成長した緑色のトマトの表面にほんの一筋赤みがさしていた。収穫はもうすぐだった。

「あそこに育っているレタスと、そこのキュウリとあわせてサラダにして一緒に食べたかったのに」

彼女の時計の針も戻ることはなかった。

10章　奇手

二人の熟年男女を翻弄したハガーニャの風のいたずらがこの程度の結末で終わればとりたてた物語ではなかった。それは、生きるという生命力に満ちたベトナム難民の女と幼児的精神構造のまま年を取った広汎性発達障害の男の間に吹いた束の間の寄せ風・波風・香り風、グアムのビーチのいつもの風にすぎなかった。だが、マダム・ドラゴンこと王桃薗（ワン・タオ・ユアン）の登場がこの風を危険な荒れ風に変えてしまった。

朝方10時、マダムはオーシャンフロントの自宅玄関前の小池に懸かった朱色の太鼓橋を渡り、駐車場に停めたBMW740iの運転席にすべり込んだ。キースイッチを回そうとした時、左窓越しにシルバーのインフィニティーが敷地に入ってくるのが見え、彼女はルームミラーでインフィニティーを見やった。インフィニティーはケニーのユニットの前に駐車し、メイがそのドアをノックしたがドアは開かなかった。不在なのだろう、彼のトヨタ・エコは見当たらなかった。メイはドアの外で立ちつくし、その様は鞭に打たれたいたずら犬のしおれた風情であった。マダムは声を掛けざるを得なくなり、エンジンを始動させるのをためらい、車の外に出た。

「你好、小姐、浮かない顔をしてどうしたの、何処か悪いの？」と呼びかけた。

いつものメイではなかった。その呼びかけにすぐに答えず、間を置き、「好（ハオ）、彼は留守みたいね、車もないし」と、マダムの目を直視することなくうつろな返事を返した。マダムは何かを感じたのであろう、「お茶でも飲んでいかない、今日は東京から来た親類に仕事を任せているから早くオフィスに行く必要はないわ、遠慮しないでどうぞ」とメイを誘い自宅のリビングに招き入れた。

ケニーはその頃、タムニング村のバンク・オブ・グアムのカウンターにいた。メイの書いた小切手の指定期日はまだ２ケ月先であったが、思いつめの反復性衝動症候群の余韻がまだ残っていたのであろう、彼は早めの換金が可能かどうか確かめに来ていたのだった。彼女の口座も、彼の口座もそこにある。

不可能との返事を聞き、彼は失望の色を隠し、出口ドアを後ろ足で蹴っ飛ばしたい気持ちを抑え、外に出て行った。いくら彼が自己破滅的凶暴性を持っていてもまさか銀行のドアと喧嘩はできない。彼にも一片の良識は残っている。そこがまた彼のささやかな自己抑制的健全性であり、多くの人格的欠陥を持ちながらも、これまで彼が何とか生きながらえてきた所以でもあった。

メイはこれまでのいきさつを話したが、レモングラスの夜、ケニーの舌が蝶のように舞い蜂のように刺した話はさすがにできなかった。普段は一方的に話すマダムも今回だけは聞き役に回り、二人の児戯がどこですれ違いを生じたのかを見つけようと努めた。中華婦人総会のボスとしての、また蒋介石閣下の縁者としての誇り、そして書画骨董イミテーションを唐・宋・明の文化漂う芸術品のレベルまで複製向上させ米軍高級将校に売りつけた才覚をもってしても彼ら二人の児戯の展開は理解するのが難しかった。「とにかくメイは可哀想だわ、持ち込んだ台所用品をつき返すなんて。ジャパニーズの衝動的行動は華人の行動規範を超えている。叩き売れば50ドルになるものを。もったいない。いや違う、あの男が変わっているのかもしれない」マダムはその結論に達し、メイに話しかけた。

「ねえ小姐、今私のオフィスに東京から姪にあたる華人女性が来ているの、どうもこの話はジャパニーズの性向と絡んでいる気がするわね。東京生まれの彼女と相談してみたほうがいい気がするの、だからしばらく待ってくれる？　きっといい解決策がみつかるでしょう、連絡するわ」

メイには他のチョイスはなかったし、それにこうしたことはしばらく時間を置いたほうがいい知恵も浮かぶであろうと思い、マダムに任せることにした。

それから２日後の朝、アッパー・トゥモン地区にあるマダム・ドラゴンのオフィスでミツコがマダムに話しかけていた。ミツコ・陳、日本国籍を持つこの30代半ばの女性は東京生まれの東京育ち、台湾系華人の子女が通う四ツ谷駅近くの東京中華学校を卒業し、すぐ隣にある上智大文学部英文科を卒業した才媛である。辿ればマダムの亡くなった夫の妹の娘にあたり義理の姪の関係になる。彼女は時々休暇を兼ねてグアムに滞在し、マダム・ドラゴンの事務所の帳簿係の役をしている。全くの東京っ子であるが、中華学校仕込みの癖のない北京官話でマダムを圧倒させることがある。これまたユニークな現代っ子である。

「アンティー（伯母さま）、伺った話を総括するとこのロマンスのプロセスはメイ女史の一方的な攻勢が目立ちすぎますわ。ケニー・カサオカにとっては『押され続けてきた自分は一体何なんだ?』という当惑が彼の深層心理に刻みこまれていると思います、アンティー、あなたがけしかけたってことはないでしょうね」

マダムには痛い指摘であった、做愛をプッシュした張本人はマダムであった。

「私は……ただ積極的に……とは言ったけど」

「まあいいでしょう、男女関係を概念的に考えてみましょう、その関係を二つの断層としましょう、勿論男女が同一の層だとは思わないでしょうね。そして断層Aが彼で、断層Bが彼女だとしましょう、アンティー、いいこと」

冷静に臨床心理学者が語るが如くの姪っ子のロジックにマダムは圧倒され始めた、「全く、東京中華学校はこんなハイレベルなのか?　驚いた。これじゃあ中華民国の教育は遅れているってことなの?　今度台湾行政院文化部部長に会ったら尋ねてみよう、とにかくこの姪っ子はあなどれない」と襟を正した。

「その男女関係に何かの原因でストレスがかかったと仮定したら、このA、B、二つの断層は定常状態から脱し、地震、つまりその関係は破裂に向かうでしょう。台湾、そして日本によくある大地震を思い浮かべて」

「分かるわ、断層、フォールトのことね、分かる、分かる」

「では一体何が原因でストレスが発生したのか、私はアンティーからこの話を聞いた時からずっと考えてきたの。そして帳簿を見て気づいたことがあるのよ」

男女関係を二つの断層に比喩しながら、ストレスが破裂エネルギーを生む、そこまではマダムには理解できた。でも彼女は姪が「帳簿」の話題を持ち出した時には首をひねった。「一体、帳簿から何を探し出したのだろうか、グアム電力公社のメーターの数値を勝手に5%水増しした電気代をテナントに請求したのが分かったのだろうか？」マダムは姪っ子の次の言葉を待った。

「彼が入居してから一年半年、彼の家賃支払いに一つの傾向があるのが分かったの」マダムはホットため息をつき、更に次の言葉を待った。

「それは、月末の前、29日、30日に支払いしていることなのよ。一度ひと月分の前払いがあるけど、これは多分旅行で島を留守にする為だったのでしょう。他のテナントの支払日は、これまた全て月が変わってからで、遅い人はその月の10日目とか15日目に支払っているわ。中には支払い無しのケースもあったけど、これは踏み倒しね」

マダムは、フリーランスのストリッパーの夜逃げを思い出した。

「アンティー、結論しましょう。ケニー・カサオカ、この男は支払いに関しては実に信頼でき、彼自身滞納・遅納を嫌うタイプと言えるでしょう。あなたから聞いた話では、メイ女史が3000ドルを彼から借りたってことね、ここにストレスの原因があります。おそらく金を貸すってことが、月並みな言い方だけど、彼の辞書にはないのよ。それが台所用品を突き返す行為になったのだけど、彼はその間かなりのモヤモヤを感じていたでしょう、ある時突然に、そんな爆発的行為に走った直接な契機がきっと一つあったに違いないでしょう。でもそれが何かは私には推測できません、ひょとしたら3000ドルが逃げていった錯覚に陥ったのかもしれませんね。

だから彼の爆発はメイ女史に対する彼なりの逆襲、とも言えましょう。だから彼にとっては正当化でき得る行為、少なくとも彼にとってはそう思えたのです」

「ミツコ、だったら3000ドルを即刻返すようにメイに忠告するわ、それで収まる？」

「ダメダメ、このケニーの心の歪はそう簡単にはいきません」

「では……蔣介石閣下ゆかりの人、關島（グアム島）中華婦人総会のボスの私はどうすればいいの？」

「一つ面白い事実があります。これまでのメイ女史の一方的攻勢を彼が受け入れたことにヒントがある気がしますわ。

突然に暴発する性向の中に彼には幼児的な母性への依存癖、まあこれは男性の、とりわけ金銭の潔癖性を持つ男性に共通していることです。金銭の潔癖性は一つの孤高性の現れです、それは同時にその孤高からの救いを待つ憧れがあるということです。ここにこの二人が友情を取り戻す鍵もあると思われます、秘策、いや奇手があります。彼の潜在的な幼児性に賭けてみましょう、アンティー、やってみますか？　あなたの実行力無しではこの策は成功しません、蔣閣下ゆかりの人、私の敬愛するアンティー、やりますか？」

才媛ミツコ・陳は義理の伯母にいたずらっぽくウインクを投げかけた。

「教えて、どんな策なの？」

「ジョン・スタインベック風のカリフォルニア的奇手よ、あっ、もうお昼の時間だわ。アンティー、『超記苑』に電話して席を用意させて。考えすぎたのかしら、少しこってりした福建料理が食べたくなったの。その席で策を説明しましょう」

10章　奇手

マダム・ドラゴンにとって姪が練った奇手は胸躍る策であり、何だか自分も春秋時代の軍事思想家孫武（尊称孫子）になった気分であった。

「まずうまくいくはずね、その奇手にはハガーニャ湾の地の利とオーシャンフロントの人の利が十分に織り込まれている。気になるのは天の利が何かだけれど、それは未知の分野、もし成功するならば私の中華婦人総会でのステータスは極限までに上る。失敗すれば？　ケニー・カサオカにとって致命傷どころかそのものずばりの死に至る。彼には可哀想だが、これもまた天の利ならず天の理なのかもしれない。策にリスクはつきもの、やってみよう」

彼女はまず人の利にターゲットを置いた、「ここには最適な駒がいる」

ボビーとアレン、ここの住民はB&Aと呼んでいる14歳と16歳の無邪気な兄弟である。彼らがマダムの駒となった。シングルマザーと一緒に住んでいる二人は根っからのグアムっ子である。海が好きな彼らは魚の捕獲にもチャモロの伝統をかたくなに守っている。彼らはフィッシング・ロッドを使った釣りという名のレジャーには興味ない。素潜りの手掴み、シュノーケルを使った刺し漁、投網、仲間がいればミニ地引網、これらの伝統芸が彼らの好みである。その中でも、遠浅で、リーフに囲まれた波穏やかなハガーニャ湾は素潜りの手掴みには完璧な地の利、いや海の利を提供している。

「ハイ、B&A!　最近の獲物は何なの？」とマダムは話しかけた。

「今の時期、ブローフィシュが多いよ、底に保護色をまとって這いつくばっている。いい魚はいないね」二人の少年が口をそろえた。
「あら、そうなの、ブローフィシュを食べないの？」
「冗談じゃあないよ、マダム。俺達チャモロはこう見えてもいい魚、悪い魚の区別には厳しいんだ。あんな恐ろしい魚は絶対に食べたりしない」とボビーがチャモロの誇りをかけて断言した。
「そうね、そのとおり、チャモロの人達は食べないわね、でもあのケニーはどうかしら？」マダムが誘いをかけた。

「俺知ってる、ジャパニーズはブローフィッシュが好きなんだってね、ユーチューブで見たよ。しかもサシミで食べてる。確かフグって言ってなかったけ？　ジャパニーズはクレージーだよ」年上のアレンが物知り顔で乗ってきた。
「ボーイズ、そう彼らはフグって呼んでるわ、東京の芸者レストランでは100グラムのサシミで、そうね50ドルはするでしょう？」
「マダム、100グラムって？」
マダムは素早く換算した、彼女の数値計算能力は高い。
「0.22ポンドきっかり」
「つまり、1ポンド当たり・・・・いくら？」
「227ドルきっかり」とマダムが指摘すると二人のボーイズは口を開け、しばし無言となった。
「コーベビーフより高いの？」
「まあ、いいとこ勝負ね。でもそれは特別にいい品質のフグで、しかも芸者レストランでの値段よ、市場の値段はもっと安いはずね」
「マダム、ケニーはフグ好きだと思うかい？」
「多分好きでしょうよ、彼、魚が好きだと言っていたことがあったから」

「ケニーはいいやつだよ、いつかママがギターのコードをケニーから教えてもらって喜んでいた。ボビー、一つケニーを喜ばしてやろう、素潜りの手掴み、チャモロの誇りだ。それに今はちょうど潮が引いている、2,3匹のフグならすぐに見つかるぜ」と兄のアレンが弟の肩を手で叩いた。

地の利、人の利、海の利、ミツコ考案の奇手が思いのほかスムーズに進行してしていくのを見届け、マダムは微笑んだ。

メイの得意技、無邪気な「微笑み返し」と違い、ワルが凝縮した「黒い微笑み返し」であった。

「仕方ないわ、これは奇策なんだから、ところで私の言葉に殺人教唆があったかしら？　いや、無いわ。ただ『ケニーはどうかな？』って言っただけだし、それに未成年の証言はまず採用されない。最悪のケースを想定したとしても、私はセーフでしょう」と、マダムは少しながら感じる『無常の念』を押し殺した。

「ケニー、ジャパニーズはフグが好きなんだってね、よかったら一匹あげようか？」

ケニーはB&A兄弟の申し入れに一瞬のたじろぎを見せながらも、半分はいきがりから、四分の一はチャレンジ意識から、残り四分の一はグルメ志向から、フグを受け取った。体長はかれこれ30センチ、十分に肉がついている。その膚はハガーニャ湾の岩礁と海藻の色に似せた暗緑色に覆われ、白い点々が散らばっているが、これは砂粒に模しているのであろう。見事なカモフラージュであった。この姿で海底にへばりついている限り、シュノーケルを通しては全く気がつかないであろう。見事なニンジャである。そしてこのままの雌伏姿勢で小魚・甲殻類を待ち伏せするのである。
「驚いたなあ、フグが保護色を持つとは？　しかも完璧なカモフラージュだ。フグがその機能を持っているなんて誰が信じる？待てよ、砂に寝そべるカレイもそうだ。魚は高度の『種の保存』機能を持っているんだ」

まだ生きたままのフグは水を張った鍋の底に伏し、不気味な上目使いでケニーを見上げている。
「さあ来るなら来いよ、俺の猛毒を忘れちゃあいけないよ」フグはそう言っているのだ、ケニーはしばしこのフグの挑戦的な目とにらめっこを続けた。そして早くなる胸の動悸を感じた。
その動悸は彼が決断を下す前にいつも感じる、やるか否か、そのためらいのひと時であり、それは同時に逡巡にうち克つ前奏曲でもあった。

「止めるなら今だ、でもそれは恐怖への屈服ではなかろうか？今俺が感じているのはあの兄弟を失望させたくない安っぽい見栄、そんなもんじゃあない。俺は俺自身の逃げを恥じている。やってみよう、こいつを料理してやろうじゃあないか、もう迷わないぞ」決断は下された。

彼は立ったまましばし目を閉じ、これから始まる手順を頭の中でシミレートさせた。彼は彼の祖父の手順を追っている。彼の追憶は瀬戸内、岡山県西部の町に飛んでいる。生家は町の中心から遠く離れた海岸線沿いの坂の上にあり、周りは段々畑となっている。彼の庭からドライバーショットをスライスなしで打つことができたらボールは打ち下ろし220ヤードの距離でもって海中に落ちるであろう。海の奥には本土側から四国に向かう島が延々とつながり、水島灘を形成している。海岸線に沿った西側には小さな漁港があり、定置網・底引き網でとれた魚の朝市が立つ。それはケニーの生まれる以前からの朝市で、ケニーがグアムに住む今日まで、そしてこの後おそらくは永久的に続くであろう。瀬戸内岡山とはいえ、コンビナートの発展したこの時代、朝市の立つ漁港をいくつ勘定できるだろうか？　多くない。彼の祖父は一籠いくらでフグを買い、朝の内にさばき、昼食の汁物にした。汁物には、菜園から摘んだ春菊、青ネギ、ニラが散らばり、その味は格別のものであった。フグといっても豆フグだ、祖父は20分余りで家族分の30匹をさばいていた。頭を落とし、頭部方向から下腹に包丁を入れ、内臓をその菜切り包丁で掻き出し、最後に皮を剥ぐ。小型のフグなので三枚にはおろさない、豆フグの丸太おろしだ。決して今風のお上品なさばきではない。でも汁の実には最も適したさばきである。フグの身と骨からにじみ出るスープは濃厚である。食する時、箸で掴んで前歯を入れると身と骨はプルンと容易に分離される。

ケニーは一度たりとて祖父がフグをサシミにしたのを見たことはない。小型であればフグ汁、中型であれば煮つけ、この二種類の調理方法しか見たことがない。

説明を加えよう、漁村とはいえ、サシミ・生食が始まったのは比較的新しい時代、ナショナルとトーシバの冷蔵庫の普及が契機となったことは間違いない。ケニーの故郷の住民は古代よりの知恵をかたくなに守り、魚の生食を避けてきた、ただし牡蠣だけは例外だ。

さばきを続ける祖父の傍に座り、その素早い技を見つめるケニーに祖父が言った、「ケン、見てみろ！」
祖父は掻き出した内臓を猫にほり投げたが、猫は見向きもしないで、肉だけを待っている。
「どんなことがあっても内臓だけは食べるな、都会の金持ちが酔狂で肝を食べる。そして死ぬ。お前はそんな愚かなことをしてはダメだ。それと『菜種(なたね)フグ』は絶対に食べるなよ」
「じいちゃん、菜種フグって何のこと？」
「菜種の黄色の花が咲く頃、ここだと６月だ。その時期はフグの毒が一番強い。だからその時期のフグは特別に菜種フグと呼んで、『食べるな』ってことの教えなんだ。言い伝えだけどこれは守らなくてな、ケン」と祖父が教えてくれたことをケニーは60年経った今も覚えている。

ケニーの執刀時刻が来た。彼は鍋の底で見上げるフグの尻尾を無造作にグイッと掴んだ。フグは勢いよくその尻尾を左右に振り、ケニーの右手の掌に激しい抵抗を与えたが、彼はかまうことなくまな板に乗せ、一気に頭を切り落とした、2013年１月23日、時刻18:36、夕食前。
間髪を置くことなく、下腹を割き、すべての臓器を包丁の刃先で取り出し、尾の付け根に切り傷をつけ手で皮を剥ぐ、反対側の皮も剥ぐ。フグが白ピンクの肉体をさらけ出す、見事な肉付き、18:59。
頭から尾にかけ骨に沿って包丁を入れ三枚おろし。ここで、包丁を細身のサシミ包丁に替え、片身をサシミ、片身をフグちり用の薄造りに仕上げる。サシミには胡瓜を添えて盛り付け完了、19:08、フグ刺しディナー、レディー。

飯の炊き上がりまで後数分、ケニーは小鍋に万能昆布を一枚敷き、湯の沸騰を待つ。
　サンミゲールの缶を開け、コップに注ぎ、上面の泡を見ながらこれまでの手順にミスはなかったか？　切り身への血液の付着汚染はなかったか？　一切のミス無し！いざ食わん。

　・・・・

「なんて表現したらいいんだろう、この口当たり。軽いシコシコ感、噛むとわずかな抵抗がある、それでいて肉質の歯切れの良さ、そして口中に広がる甘い芳香、これがフグのサシミなんだ、ハガーニャの隠れ味、おいしい!」
　恐怖を克服し、自ら解体し、薄造りし、美しくも盛り付けた絶品の味を表現する言葉は見当たらない。文字の表現は不可能である。
「おじいちゃん、ケンはやったよ、菜種フグは心配しなくていいでしょう、グアムの海はいつも同じ温度だから」
　彼は白髭の濃かった祖父の横顔を思い浮かべ、フグちりの準備にとりかかった。
　沸騰した湯に小さめに刻んだ豆腐を４個、長めに切った青ネギを少々入れて、湯でフグの小片を洗い、それをポン酢の小皿に取り出し食した。
「違う、サシミと違う、抵抗が全くない、肉が歯の先で切れる、甘い、旨い、これなら飯は何杯でもいけそうだ」
　彼の食感は、やはり古代瀬戸内民族の伝統を受け継いでいる。サシミより煮物・焼き物・酢〆め、これらを好む。

20:30、彼の部屋がノックされ、B&A兄弟の顔が現れた。「ケニー、大丈夫？　お腹痛くないか？」
「ヘイ、ボーイズ、俺はジャパニーズよ、フグを食して60年、まったく大丈夫さ」
　二人は顔を見合わせ、安堵の表情を見せた。噂はめぐる、兄弟が漏らした一言はすでにオーシャンフロントの住民の間に広がっていた。
「いったい彼は不死身なのか、クレージーなのか、それともグルメの追及者なのか、無事に今夜を切り抜けるのか、それとも……」
　住民一同は固唾を飲んで彼の『生か死』を見守っている。B&A兄弟は斥候の第一報をマダム・ドラゴンの携帯に入れた。

　デデド村の福建料理店「超記苑」の特別室では食事を終えたマダム・ドラゴン、ミツコ・陳、周婦人、そしてオーナーの超婦人の４人が麻雀卓を囲んでいた。
　まだ東場の二局目、盛り上がるには早い。ケニーの無事を確かめる一報がマダムに伝えられた。
「ミツコ、彼、元気そうよ。珍味に満足している顔つきらしいわ」
「アンティー、あと２時間待ちましょう、フグの食中毒は３時間が勝負って聞いているわ、そうね、午後10時の報告を待ちましょう、アクションはそれからよ。メイ女史の出動態勢は確認した？」
「それは、ぬかりないわ。彼女はいつものバーで待機しているわ、そこからオーシャンフロントまでは10分。彼が中毒症状をみせたら、直ちに彼女がオーシャンフロントに駆け付け、FHPクリニックの緊急外来に行くように言い含めてあるのよ」
「アンティー、私何だか不安になってきたわ。もし中毒になれば、悪いけどケニーの命が助かる見込みをないでしょう、いまさら胃洗浄しても毒はもう回っているし。逆に彼がまったく平気ならばメイ女史の出番はなくなるし、彼ら二人の交遊が戻ることはなく、一体私の奇策はどうなるのでしょう？」
いくら現代っ子の東京チャイニーズ、ミツコ・陳とて、一人の男の生命がかかった奇策のクライマックスが刻一刻と近づくにつれて、「あまりにも危険な策ではなかったのか？」の後悔の念にとらわれつつあった。

「この姪っ子はまだまだ甘いね、策を立てたら後悔はなし、実行あるのみ。彼が死すか、生きるか、それは天の理が決めること」と、マダムドラゴンは完全に腹を据え、姪の動揺を盗み見したが声を発することはなかった。似非骨董書画の販売、電気メーターのちょろまかし、ジャンクヤードで調達した中国製中古エアコンのアパートへの取り付け、不法入国者を使っての低賃金の修繕作業、さかのぼれば宋美齢女史が募った抗日戦争義援金のつまみ食い（但し、これは彼女の父の仕業）、エトセトラ・エトセトラ、彼女の経歴はケチな悪に満ちている。そんな彼女がフグの毒一つでオタオタする事はあり得ない。

「ミツコ、10時の報告まであと１時間、天の理はどう転ぶか？　待ちましょう！」彼女の手持ち牌は大四喜の兆候を見せていた。

ケニーは満足感に酔っていた。恐怖を克服して味わった美食の極致、「それもこれも祖父のおかげだと思う。食後１時間は過ぎたのに俺の呼吸器に異変は何も起きていない、芸は身を助ける、まさに言いえて妙なり。なんと恵まれた少年時代だったのだろうか！」

いたずら心が彼の胸に沸々と沸いてきた。これも発達障害の一つの症状である。「メールでも送ってみようか、フグを調理して食べたってね、みんな驚くだろう」
「鍋に横たわる不気味なフグ」「皮を剥ぎ、頭を落としたまな板のフグ」「皿に盛り付けされたサシミのフグ」と、フグ３連発の写真は食する前に既に撮ってある。
「メールにこの写真を添付してみよう、どうだ、この不気味な臨場感は。そして俺は勝利感と高揚感に酔っている。この気持ちを伝えよう」メールのタイトルを何にするか、ケニーはしばし考えた。
「なにか衝撃的で、かつ笑いを引き起こすタイトルにしたいが、『最後の晩餐』なんてどうかな？　いや、それじゃあダヴィンチの芸術に申し訳ない」
タイトルの一言、添付する３連発の写真、これをもってして友人達の恐怖と笑いを誘う、ケニーは更に熟考してメールを書き上げた。
・・・・
Re: Mission Complete
Reporting from Guam. Operation Fugu successfully done. Operator not damaged.
任務完了：グアムより一報。フグ作戦成功裏に完遂。当方被害なし。
・・・・

ケニーは簡潔な文章を誇らしく思い、「プロフェッショナルらしいなあ」とエクスタシーを感じながらメール「送信」ボタンを右手中指でヒットしたが、その中指の屈折にかすかな違和感を感じた。
「なんだ、どうしたんだ？　指を曲げると痛みが走るぞ、中指だけではない、親指・人差し指、薬指、みんな変だ。いいのは小指だけか？　俺の右手に何かが起きているんだ」

メールの送信を終えたものの彼は不安に駆られ、部屋を飛び出し、ビーチ際のベンチに腰掛け、湿った夜風を思い切り吸い込んだ。でも痛みは止まらない。

「気のせいではない、右手の指の痛みは気のせいではない、これは明らかに痛みだ。それに痛みとともに何かしら痒みも感じられる、炎症なのか？　精神的な高揚感のせいで俺の神経に異変が起きたのだろうか？」

彼は必死になって痛み・痒みの原因を特定しようとしたが、思い当たる原因はなかった。「フグを調理した。食った。呼吸器に異変無し。では、およそ１時間後になぜ右手の指が痛み出したのか、左手の指には異変無し。全く原因が思いつかない」ケニー・カサオカの思考は困惑のループに落ち込んだ。

「とにかく、あと30分待ってみよう」彼は部屋に戻り、簡易ソファーに身を横たえた。痛みの応急処置 RICE : Rest・Icing・Compression・Elevation の第一歩 Rest を彼は選択した。

しかしながら眠気に襲われることはなく、指の痛みは時が経つにつれその激しさを増してきた。

11章　幕間 - インターミッション

しばしの幕間の時間を利用して石川県金沢市の公営住宅に飛んでみよう。

夕食の後、モユは風邪気味の２歳の息子を早めにベッドに追いやり、梅焼酎のグラスをちびりと口に運びながらパソコンを起動させた。夫からは予算の編成作業で遅くなるとの電話が先ほどあった。台所の片づけを終えた後の一杯の「ウメッシュ」は高校三年生の頃に覚えた彼女の息抜き・骨抜き・憂い抜きの抜き抜きドリンクだ。もっとも今は梅酒に二階堂麦焼酎をちょっぴり混ぜるようになった。

「珍しくグアムからメールが届いているわ、まだ野垂れ死にしてなかったんだ。でも何だろう？」メールには写真が添付してあり、Re: Mission Complete のタイトルが彼女の目を引いた。

「不肖なオヤジとはいえ、人目を引く仕掛けだけはいくつになっても立派なものだわ、まるでハリウッド映画もどきのタイトルをもってくるとは。これじゃあ当分野垂れ死はしない」そして彼女は写真のオープンボタンをクリックした。

不気味な写真３枚が現れた。

「やってくれたよ、このおふざけオヤジ！」唾液交じりの吐息が彼女の口元から漏れた。

それは彼女が６、７歳の頃であったろうか、イルカショーが見たいと父にねだり江ノ島水族館に出かけた。ついでに水族館を見学し、ウツボの水槽に彼女は釘付けになった。不気

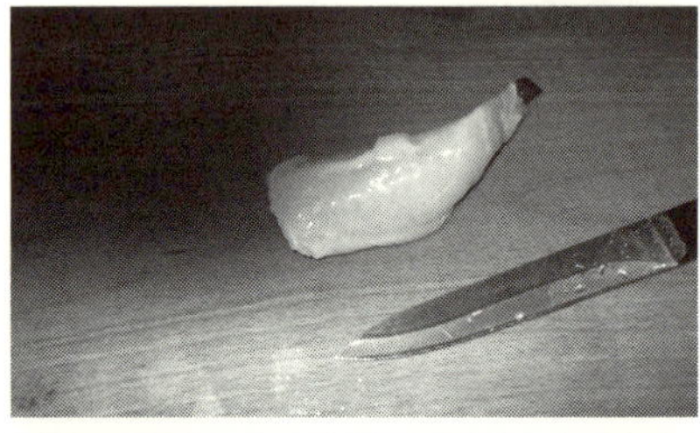

味ではあったが岩にへばりつき水流に身を任せるその細長い姿は優雅に舞っていた。舞いに魅せられ水槽の前にたたずむ彼女の耳元に父がささやいた。

「モユ、ウツボは君の離乳食だったのだよ」

「食べられるの、このお魚は？　私食べたの？」

「脂がのった季節は旨いよ、普通の人は食べないけどね」父はなにやら秘密めいた笑いをこらえながらそう答えた。

その日の夕食時、彼女はウツボの話題を持ち出し、一体どんないきさつで自分の離乳食となったのかを父に尋ねた。

「三浦半島の磯で釣ったんだよ、ほんとはメバルを狙っていたけど、その日はウツボが２匹だけ。持ち帰って煮つけにしたんだ。鱗もないからそのままの煮付け、２匹ともね」

「モユはその時どうしたの？」彼女は３人称で自分を語る癖があった。

「とても欲しがっていたね、その頃は歯が生えつつあって、むず痒いのかなあ、それとも歯固めしたがっていたのかなあ、お皿に盛ると早速指を伸ばして食べようとしたよ」

「で、食べたの？」

「ウツボに毒はないけど、お父さんも長い間食べてなかったのでちょっと心配した。もし君が食べて大丈夫だったらお父さんも食べようと思ったさ」

「じゃあ、私が最初に毒味したの？」

「う……ん、まあそういうことかな」

この父の一言はモユにとっては、常識と理念を超えた衝撃だった。「娘をダシにしてウツボを食べるなんて、これは油断できないオヤジだ」乙女心の入り口であった彼女の心は傷つき、それからというもの父親の手作り料理に箸をつけることはなかった。

この事件に少し説明を加えよう、ゼラチン質に富むアナゴで翌日下痢気味となったのは彼女の父親、ケニーであった。離乳食の時期の幼児の消化能力は柔軟性に富んでいたのであった

それから10年余りが経過した頃、モユは父の故郷、瀬戸内海岸に住む祖母を訪ねてひと夏を過ごした。まだ元気なうちに祖母と一緒に過ごしたい乙女心後期の優しさであった。ある日の朝、祖母に連れられて魚市場に出かけた。そこには目の前の海の定置網に掛かった小型の魚介類・ワタリガニが売られていたが、数そのものは少なかった。既に朝のセリは終わり、地の人向けの消費分だけが残っていた。とはいえその新鮮さは潮の香で倍加されていた。そしてモユはあの因縁の魚に遭遇した。

「おばあちゃん、あれウツボでしょう、ここの海のウツボには毒はあるの？　モユは赤ちゃんの頃毒味をさせられたよ」

「あなたのお父さんはそんな人なの、おふざけが好きでモユ

ちゃんをからかったのよ。ここの人達はよく食べるのよ。勿論あなたのお父さんも子供の頃はよく食べたわ。ここでは煮付ける時ウツボが元気よく暴れてお鍋を叩くので、『ナベタタキ』ってよんでるわ。でも瀬戸内だから、少しサイズが小さいのかな。モユちゃん、買ってみようか?」

そう祖母に聞かれてモユは戸惑った。「もう一回食べてみようか? おばあちゃんの煮付けなら安心だ。でもおばあちゃんに先に食べてもらおう、それで大丈夫だったら私も食べようか」

豊かな乙女心を持っていてもこの娘はワルである。でもウツボの横で手を振りかざし、小暴れしているメスのワタリガニの魅力にはかなわなかった。甲羅の裏側の黄色の卵、その一つ一つの卵粒の歯触り、それは美味そのものである。

「やっぱりカニにして」

祖母の追憶の中で、彼女の二階堂入りウメッシュも2杯目になった。目の前の三枚のフグの写真をみながら彼女は電話をかけてみようかと戸惑っている。

「こうして写真を送ってくるってことは、あのオヤジ結構はしゃいでいるね。『お父さん、大丈夫?』って電話を待っているんだわ。その手にはのらないぞ。でも返信の義理メールだけはしておこう」

簡単なメッセージをタイプし、送信ボタンををクリックした。

Reply to Mission Complete:

残念!毒味に間に合わず。グアム島のフグの味は如何なり?

12章　緊急外来

22:00、ノックに応えてドアを開いたケニーの苦し気な表情を見たB&A兄弟はお互いの顔を見合わせ、投げかける言葉を失った。彼らはマダム・ドラゴンの指示通り午後10時の巡視に来たところだった。彼らはケニーが食した後の午後8時過ぎに一度巡回にきている。その時のケニーはフグの珍味を制圧した満足感に高揚したジャパニーズであったが、いま彼らが見ているケニーは痛みに耐え、かつその原因が特定できないもどかしさに苛つく哀れな熟年ジャパニーズであった。そんな彼にも救いは見られた、まだ自暴自棄的な錯乱には至っていない。

「ケニー、どうしたのだい？フグの毒が当たったと思う？」

「ボーイズ、それは違う。呼吸も脈拍も正常だ、それに左手に異常はない、でも右手の指が痛くて何も掴めないのだ、どうしたのだろう」

B&A兄弟はケニーの冷静な返事を聞き安堵した。幼い兄弟とはいえ、グアム消防局レスキュー隊からのCPR（心肺蘇生術）のトレーニングは受講しており、イパオビーチのライフガードの助手を務めたこともある。兄弟がそうそうパニックに襲われることはない。

「そんなに悪い状態ではないね、今のところは。でも、ケニー、いいかい、仮に君の右手の指の痛みが何かの感染から生じたものならばその毒が体内に回る可能性は否定できないよ」

「俺が恐れているのもそのことだよ、緊急外来に行くべきだろうか?」
「そうしたほうがいい、俺達マダム・ドラゴンに一報入れる」
「マダム・ドラゴンだって、どうして彼女に?」ケニーのいぶかし気な問いかけにB&A兄弟は、しまった! という表情でお互いを見つめた。
「いや、何てことはないよ、ケニー、君にフグをあげたところを彼女は見てたんだ。それで俺達に何かあったら連絡するように言ってくれていたんだよ。彼女はチャイニーズだろう、君のように勇気あるグルメじゃあないから、フグを心配しているんだ、ハッハッハ……」兄のアレンが作り笑いで場を取り繕った。
『勇気あるグルメ』の褒め言葉の一声がケニーの痛みをほんの一瞬だけ緩めた。
たとえ激痛にあえいでいても彼の発達障害は健在であった。危険を承知で猛毒のグルメに果敢に挑戦した己の勇気、そして匠の技の包丁さばきの自己陶酔感はまだこの男に残っている。

プールバー「ハッピーブレイク」のカウンターで次の曲選びをしていたメイの携帯電話が振動し、ディスプレイはマダム・ドラゴンからの送信であることを表示していた。彼女はカラオケの騒音に会話を邪魔されたくなかったので外に出た。夜風は心地良かった。彼女からの電話は短く断定的で、「彼病気よ、可能河豚毒素……すぐ行って……出去、救他的一命!」であった。
メイには一瞬事の理解ができなかった。バーはハガーニャ湾の南に位置する。オーシャンフロントは北だ。彼女をせかすようにハガーニャの風が舞った。彼女はマダムの言葉をもう一度繰り返した。「……河豚毒素(ホゥワー・トゥン・ドゥー・スー)……」そしてやっと事の成り行きが理解できた。

「何てことをあのジャパニーズはやらかしたのか!」彼女は彼の無謀さに唸った。

「素人があの危険な河豚を料理するなんて、そして今彼には毒が回っている」

B&A兄弟からマダムへ、マダムはミツコに告げる、発案者にもかかわらずパニックに陥ったミツコがマダムに言葉を返す、マダムがメイに電話する、この通信の連鎖の中で、ケニーの呼吸・脈拍は正常で、ただ彼の右手の指のみが激痛に襲われている事実は何処かに消えてしまった。話は膨らみ・曲がり・先走りし、メイに伝わった時にはケニーの症状は救命を待つ状態になっていた。マダムの言う通り『救他的一命(彼の一命を救え)』の為にすぐ走るべきだ、だがメイにも多少のわだかまりが残っている。プレゼントした台所用品を投げ返す短気な男だ、この行為にはまだ腹がたっている。でもそれは自分には不用な中古品の整理でもあった。そこが彼女の弱みだ。いいところもある、黙って3000ドルを貸してくれた。彼の気前の良さにかまけて、それをポッケに入れ込んだのも弱みだ。そのポッケの温かさにかまけてポーカーゲームとカラオケにハマった、その事もまた弱みだ。

「この際河豚毒素で死んでもらおうか、いや、情の深い私にそんな薄情な事はできない。それに、こんなタイプの男に会うなんてことは私の生涯にはあり得ない。そう思ったからこそ押しかけでニホンゴのレッスンをお願いしたのだし、それによくやってくれた。そこは感謝しなくては」

そう思いながらマダムの『河豚毒素（ホゥワー・トゥン・

ドゥー・スー)』の言葉がメイの頭の中でエコーを繰り返した。彼女は決断しなくてはならない、救命に走るか、否か。

『出去、救他的一命!』マダムの声がもう一度エコーした。「とにかく行かなくては、危険な状態にある事は間違いない」彼女はインフィニティのキーを握りしめた。

思い当たる節のない右手の指の激痛にケニーは消耗していた。しかも痛みの原因が特定できないが故にその消耗感には恐怖が伴っていた。

「フグの毒はひょとして皮膚との接触を通して抹消神経に作用するのか、では何故右手だけだ? 俺は両手を使って料理したじゃあないか。いや包丁を使ったのは右手だけだぞ、包丁の刃の切れ先からの感染なのだろうか? あるいはフグの祟りなのだろうか?」

激痛・消耗・恐怖そして思考的混乱に陥った彼はそれでも必死になり、生化学的な原因究明に集中し始めていた。窮地に陥りながらも恐ろしいまでに冷静な男だ。

発達障害を被っているとはいえ、それは集中力を高める際には有利に働く。ケニーは右手の指の痛みに臆することなく症状と向き合い、その原因をフグの解体プロセスの何処かに結びつけようと試みている。

「痛みはそのプロセスから生じたのに違いない、食べることだけが中毒の原因ではない、この痛みは何らかの接触から生じているのではなかろうか?」そう確信し、数時間前に自らが施した解体作業の一つひとつを振り返った。その時だ、ある閃きが彼の脳に走った。それはボヤッとしたものだが、生化学の閃きであった。まだ特定はできていない、でも何かが。

「柔軟に考えてみよう、毒の経口的な摂取という先入観を一度捨ててみよう。フグの毒は体表面に分布しているのではないだろうか？　外敵からの保護の為にはこの推論は成り立つ、ではどこに分布？　まだ原因を特定できない、でも今一歩だ、の気がする」指の痛さに耐えながら彼は無邪気にただ一点、『フグ毒の体表面分布』の生化学的仮説を推論している。広汎性発達障害者と呼ばれる人の中に優れた科学者・エンジニアが混在しているという。その秘密は彼のこうした行動規範が物語っているのかもしれない。彼らに共通して言えること、それは指先に刺さった痛くもない 0.1 ミリ……の棘であろうと、抜かずにはおれないこだわりの心に富んでいることだ。何という挑戦的な性向なんであろうか！　その時ケニーのアパートのドアが激しくノックされ、夢うつつから呼び起こされた彼はドアを開けた。

「どうしたのあなた、息苦しくはないの？　あなたの目は正常ではないわ、なにか遠くを見ているようで焦点が定まっていない。病院には行かないの？」立っていたのはメイであった。広東人特有のどんぐり目は大きく開き、その頬は引きつっていた。思いがけない人物の突然の到来にケニーの思考は生化学的幻想から痛みの知覚的現実に回帰した。

「そうだ、俺の右手の指は今激痛の最中にあるんだ」彼がそう自覚した時、学術探求の思考回路は霧散し、本来彼が持つ幼児性が息を吹き返した。

「痛い、とても痛い、疼痛・疼痛（テントン・テントン）、何だか心臓が早く走っている。病院に行きたいけど指が痛くて車の運転ができそうもない。もう死んでしまうかもしれない」

「どうして、あんな危険な魚を料理したの……いや、そんなことはどうでもいいわ。とにかく緊急外来にいきましょうよ」
「もう遅いかもしれない。フグの毒治療はグアムの医師には無理だろう」
「胃洗浄なら FHP でできるはずだわ、その為の緊急外来だから」と言いつつもメイはもう遅いかもしれないと思わずにはいられなかった。
「俺、死んでしまった方がいいかもしれない」幼児性は女性が傍にいると倍加する。
「おしゃべりはやめて！　すぐ車に乗って」

当直医ドクター・ウイリアムは２年前にグアム・アンダーセン空軍基地勤務を最後に 25 年間の軍医生活を引退した。
救急医学（emergency medicine）を専門としている彼の経験は貴重で、乞われてここ FHP（ファミリー・ヘルス・プラクティス）で緊急外来部のレジデントの指導医師として非常勤で働いている。65 歳を超えているが、まだ完璧なリタイヤ生活には入っていない。がこうした非常勤の形で若いレジデントを指導するのも彼のモットーである「医学は経験の学問、ペーパーテストではない」のフィロソフィーに合致しており、彼は意義を感じている。基本的にはここは外来であり、患者は歩いて、あるいは付き添われてやってくる。しかし、「どんな兆候も見逃すな、頭痛を訴える患者が脳の CT 検査でピンポン玉大の腫瘍が見つかった例もある。とにかく患者と話すこと、問診が基本だ。症状には必ず要因がある、その推測もまた救急医学の基礎だ」が、彼の口癖だ。

午後 11 時、交代まであと１時間となった頃、ナースのレイチェルが指の激痛に襲われた患者の外来を告げ、患者カードを手渡した。既にバイタル・サインは彼女により測定されている。体温 99.8F（微熱）：心拍数 78BPM（正常）：血圧168/95（やや高い）：症状（小指を除く右手第２関節の疼痛）。
ドクター・ウイリアムは特記欄に目をやった。「午後７時—8時にかけブローフィシュを調理し摂取、中毒の自覚症状は現れず」の記載が彼の注意を引いた。
「レイチェル、患者は緊急治療がすぐに必要かな？」
「落ち着いています。言葉も明瞭で、顔面のチアノーゼ症候は見えません」
「私に 10分くれ、患者番号があるので彼はここを定期的に訪れているはずだ。データーベースで病歴を追ってみる、そのくらいの時間は許されるかな？」
「疼痛は激しいそうですがそのくらいなら大丈夫でしょう」
ドクター・ウイリアムはケニーの患者番号から彼の病歴データにアクセスした。患者は過去２年の間６ケ月間隔で血液化学検査を伴うヘルス・チェックを受けていた：腎・肝機能正常、コレステロール値正常、血糖値正常。
彼は患者の年齢を見て自分と同じ 1947年生まれであることを知り、「この年齢で見事に健康を管理している！」と唸った。たった一つの例外は尿酸値が正常範囲の上限近くを示していたことだった。それが原因であろう、過去二度、膝・足首の痛みを訴えっており、インドメタシン 50mg が投与されている。担当医の所見欄には「ガウト（通風）発作の可能性」が指摘され、「ゴルフ・プレイの翌日から痛み出しており、おそらくは軽度の脱水症状で発作が引き起こされたと推定される」とある。
「いい推定だ、尿酸濃度が上昇したに違いない。同意する」
もう一点注目すべきは高血圧に対するメディケーションの

変更がなされている事であった。HCTZ（利尿剤ハイドロクロライド・サイアザイド）からロサルタンに変更され、それ以降の血液検査では尿酸値の低下が顕著であった。
「HCTZ の利尿作用によるリラックスゼーションは血圧降下に顕著な効果があるものの長期の服用は尿酸値を高める可能性あり、賢明な変更だ」と彼は若い担当医の顔を思い浮かべた。
身体欄には身長:5 フィート 4 インチ、体重:118 ポンドが記載されており、過去の体重増減はゼロであった。
「完璧なバンタム級だ、肥満に起因するメタボリック症候もない。全ての血液生化学値は正常範囲にある。しかもだ、定期検査を欠かさず血圧管理まで徹底している。珍しいくらい自己管理能力が強い患者だ」ドクター・ウイリアムは膨らみを見せ始めた自分の腹部を見やり呟いた。
「私と同年齢で医学的配慮を欠かさない、その男がだ、危険を承知でブローフィシュを自分で調理し、食べ、いま指先の激痛を訴えている。問題は彼の身体ではない、精神に何かの特性を持っているかもしれない。が、これ以上の推測は やめよう。カサオカ、間違いなく日本人であろう……そして彼が食した魚はフグだ!」

青森・三沢基地勤務の経験を持つ彼は日本人の食傾向に時々疑問を持っていた。彼自身日本食は好きであったが、それは神戸ステーキと、サーモン・ツナの極々普通の寿司に限られている。一度誘われて東北三陸名物ということでホヤを食する機会があったが、食感が皆無で、しかも海水交じりのアンモニア臭が強烈で閉口した。だがこれには毒はない。
ではテトロドトキシンを持つフグを彼ら日本人は何故に好

むのであろうか？　ドクター・ウイリアムには理解しがたい謎であったが、今夜はその謎を解く機会に巡り会えたのかもしれない。

「とにかくこの患者に会おう、彼はフグ毒には当たっていないと断言できる。もしそうであれば彼は既に死んでいる、可哀想だが。では指関節の激痛は何に起因するのか？」彼はレイチェルに声をかけ、患者を診断室に入るよう指示した。

ケニー・カサオカ、この男の偏向的特異性は既にベテラン救急医師の学術的探求心を刺激していた。

「ハイ、ドクター・ウイリアムです、初めまして。指が痛むらしいね、見せてもらいましょう」

「今晩はドクター、ケニー・カサオカです。そうです痛くて右手の指の第二関節を曲げることができません。小指は大丈夫です。それに痛いのですが少し痒みがあります」

ドクター・ウイリアムは中指の第二関節を順方向にゆっくりと曲げてみたが、ケニーは顔をしかめた。逆方向にエビぞりさせると更に顔をしかめた。彼は素早くケニーの顔を伺ったが、顔には青みのチアノーゼ症候はなく、健康な赤みであった。あえて心電図をとる必要はない。痛む指先にも青みはでていないことを確認し、彼は「間違いなく生物の分泌液との接触に起因している、噛まれた・刺されたの傷跡はない。急性の痛みを伴っているが軽度だ」と確信し、取るべき処置を決めた。

「フグを食したことが原因だとは思いません。もしそうなら、失礼だがこうしてあなたと話してはいないでしょう、指の痛みは何らかの生物との接触だと思います。勿論植物との接触を含みます。少し痒みがありますね。アレルギー反応が出ているからでしょうが、それは深刻なことではありません、ノーマルです。今日何処か、ジャングルとか野原、あるいはゴルフ場を歩きましたか？」

「ドクター、それはありません。今日はフグの調理をするまで家で読書をしていましたから」

「OK, 原因は追って特定しましょう。まず処置ですが抗生物質を投与します。あなたには二つのオプションがあります。ショット（注射）あるいは、これは２時間ほどかかりますが、静脈からの点滴になります。これならば今夜だけの一回限りの処置です。ショットならば今夜・明日・明後日の３回です」

選択を問われ、ケニーは「ショット、いやだなあ」と呟いた。勿論彼はショットが自分のボディーのどこに刺さるかを知っていた。

それはバット（butt: ケツ）である。「それも、明日・明後日も来なくてはならない、その度に清潔なトランクスに着替えて、あの恐怖に耐えるの？」彼は最後のショットを何時打たれたか思い出そうと努めたが、もう遠い昔であり思い出すことができなかった。「点滴にします」ケニーはそう答えた。

「OK, 賢明な選択です、２時間少々かかりますがあなたには休息が必要でしょう。それと痛みにはインドメタシン50mgを処方します、それでいいですね、病歴データにそうありましたから。痒みに対しては抗体ヒスタミン剤がいいでしょう、でも痒み自体は痛みの解消とともに消えていくのであえて処方はしません。もし痒みが不愉快であれば薬局で処方箋無しで買うことができます。クラリティンがいいでしょう」

「結構です、えっと、付き添い人がいますので点滴に２時間かかると伝えていただけませんか？　心配していると思いますので」

ケニーは個室の治療室のリクライニング式の椅子に腰を落とし、左上腕部の静脈から点滴を受けた。「えーいっ、これまで」とトランクスを下げ、ナースに己のバットを突き出す、刹那的で・なげやり的で・好戦的な自己破滅的行為がショットだ。一方点滴は安息の泉だ。もう１時間は過ぎたであろう、彼は物音を遮られた部屋の中で更なるくつろぎを得、精神の平衡を取り返し、もう一度フグ調理のプロセスを記憶の中で追い始めた。

「あれは夕刻６時頃であったろう、B&A兄弟が魚を持ってきた。彼らは挑戦的にも『フグが好きか？』と尋ねた。そう言われて『ノー・サンクス』が言えるだろうか？　それに俺はフグをさばく技を祖父から学んでいる。できない訳がない。フグは水を張った鍋でかれこれ30分は静止していただろう。なかなか不敵な面構えだった。それから飯を炊き、フグ鍋用の野菜を切り、サシミのツマの胡瓜を薄切りした。そしてポン酢を準備し、もう一度頭の中でさばきの手順を反復し、逡巡を振り切り、フグをまな板の上に取り出した。頭を落とし、腹を割き、３枚におろした。そこに間違いはなかった。もう何回も鯵を相手に熟練を重ねた得意技だ。そして午後７時前後に食し、そう、まずサシミ、そしてふぐ鍋……なんともなかった。ダメだ、指の痛みの解明に行きつかない！」

普段のケニーであったならここでイラついたであろう。しかし今の彼はリクライニング椅子に身を預け、左腕の静脈から抗生物質の点滴を受け、『厳かな無我の境地』にゾーンしている。彼は自分のとったプロセスを振り返るのを一時保留し、ドクター・ウイリアムとの会話を辿った。
「ドクターは何て言ったかな？ 今日ゴルフをしたかって聞いたよな。アレルギー…接触…内分泌…ゴルフしたかって 事は何か植物にかぶれたかってことだよな。それは決してない、では何と接触したのだろう？」
ケニーは突き詰めることをやめ、砂浜に永遠に打ち寄せる波の音を追った。大きく見える沖の波は浅瀬を渡り、さざ波となり浜辺の砂をかきむしる。舞い上がった砂が落ち着くころ次の波がまた浜辺を襲う。彼は一切の思考を止めている。
その時だ、ケニーの知覚神経に突然に風が吹いた。そう、浜辺の椰子の葉を揺らすあの『ハガーニャの風』が再び吹いたのだ。
「分かった、あれが原因なんだ！」
ケニー・カサオカはナースコールのブザーボタンを痛みの和らいだ右手親指で押した。

「ドクター、聞いてください。指の痛みの原因が分かりました。間違いないと思います」ケニーは断定的にドクター・ウイリアムに話しかけた。興奮はしていない、勝ち誇ってもいない、冷静にして淡々と話し始めた。
「私は水を張った鍋からまな板にフグを取り出しましたが、その時、尾を掴みました。フグは力強く尾を振り、抵抗しました。私の利き手は右です。小指に痛みが現れていないはそのせいでしょう、その指は使いませんでしたから。抵抗するフグの尾の内分泌、おそらくそれはテトロドトキシンだったでしょう、それが経皮的に私の指に浸透したのではないかと思います」
ドクター・ウイリアムは頷いた、「間違いないでしょう。経皮的な接触、しかも瞬間的な接触であったので第二関節の痛みで済んだのでしょう、あなたはラッキーだったかもしれません。フグは海底に生息し、その行動範囲は限られています。その分テリトリー意識が強く防衛本能に富んでいるはずです。背後からの攻撃にはその尾が武器となるはずです。

今思い出すのはエイの尾、それに魚ではありませんがサソリの尾などです。調べればきっと多くの動物が尾を武器にしているでしょう、が残念ながら私はそちらの専門家ではありません。でも原因を特定できてよかった。私もスノーケルで潜るときは手袋をしておくようにしましょう」彼は笑いながらケニーの特定に同意した。点滴ボトルの残量を見やり、後30-40分はかかるであろう、患者は今とても冷静だ、参考になる意見を聞くにはいい機会かもしれない、とドクター・ウイリアムは判断した。

「一つあなたに質問させて下さい。私も三沢基地の駐留経験があり、日本人の食文化には多少の興味を持っています。どうして危険を承知で日本人はフグを食べるのでしょうか?」

「ドクター、何故かの説明は難しいです。グルメと危険は隣り合わせ、そのスリルがたまらない、というのはうそでしょう。そういう人もいるでしょう、でもそれは独りよがりな口上です。小さいフグは安価で手に入りやすく、処理さえ間違わなければ決して危険な魚ではありません。庶民的な食べ物です。処理は祖父から手ほどきをうけましたし、そうですね家族的な伝統と言っていいでしょう、あるいは地域料理と言えるかもしれません」

「つまりあなたは家庭料理としてフグを食べてきたわけですね」

「その通りです」

ドクター・ウイリアムはケニーの「家族的な伝統」の言葉に感銘を受けた。彼はルイジアナ州バトンルージュ市近郊の出身である。ミシシッピ川河口デルタには広大な湿地帯ことウエットランドが広がり無数の流れの遅い川が形成されている。ルイジアナ・バユー（bayou）と呼ばれるものだが、それはクローフィシュことアメリカザリガニに最適な生息地を提供している。地元民はそれをゆでて食べる。ドクター・ウイリアムとて日常食並みに食べた。

「私にはそれが家庭料理ってことがよく分かりますよ。ルイジアナはご存知ですね、私の生まれた州です。私達はクローフィシュを食べてきました。合衆国ニューイングランド地方で医学教育のレジデント時代を過ごしましたが、そこの人達にこの話をすると、『ここのロブスターより旨いのか？』なんてからかわれたものです。もう50年前の話です。今ではルイジアナのケイジャン料理も広く知れ渡りましたがね、ハッハッハ……」と快活に笑った。ケニーもつられて笑った。抗生物質の点滴と安静の結果であろう、そして指の痛みの原因が分かったことの安堵感でもあろう、彼は体調と気力が少し改善しているのを感じた。

「ドクター、私の子供の頃の話をさせて下さい。祖父がさばいて祖母が料理したフグのスープは美味でしたよ。淡白で味が良く、魚臭さが全くなく、そこにチャイニーズ・ボックチョイなどの緑葉野菜を落とすと見た目もよく、格別のものでした。ただ警戒心が強い私は、祖父・祖母・父・母そして幼い妹が食べるのを見届けてから食したものです」

「ケニー、あなたは良い家族に恵まれてましたね、ハッハッハ……」

「サンキュー、ドクター。でも食べるのには少しコツがあります。箸で親指より少し大きい目のフグを掴み、口元に運び、前歯をフグの横方向にサクッと当てます。するとフグの骨のこちら側のフィレが綺麗に骨から分かれます。箸を持ち変え今度は向こう側のフィレも同様に前歯で骨から分けます。使う箸も小型で、やや短く、箸の先には円周方向に溝が切られています。フグのフィレが滑り抜けるのを防止する為です。箸と前歯の芸術的ハーモニーです」

「素晴らしいじゃあないですか！　いや、まさに芸術です」

ドクター・ウイリアムは尊敬のまなざしでケニーを見つめた。彼は箸の使い方がまだ未熟であった。

「では、今度は私がクローフィシュの食べ方を話しましょう、まさにアメリカンです。指を使いますよ。茹でたクローフィシュの頭をポキッと指先でちぎって落とします。次に利き腕の親指と人差し指で尾の方からしごきます、そう、歯磨きチューブをしごく要領です。するとあのシェルから白とピンク色の身が飛び出すのです。それを前歯で受け、吸い取ります。ジュースも一緒に吸い取ります、ズッズーという音が懐かしいなあ､決していいテーブルマナーではありませんが。チョップスティックほどの繊細さはありません、でも南部人らしい素朴でワイルドな食べ方でしょう」

二人は今お互いのローカル・フードを自慢し、相手のそれを尊敬をもって認め合っている。患者・ドクターの垣根を超えた友情が､いや､ふるさと自慢が二人の間に芽生えつつあった。

断っておこう、ケニー・カサオカは猛毒テトロドトキシンの危機を脱した単なるサバイバーではない。彼はドクター・ウイリアムのルイジアナ・バユーを追憶する青い瞳を穏やかに追いながら、「なにやら俺にいい機会が巡ってきたのではなかろうか？」と心の中でささやいている。くだけた会話の中から次の一石、彼にとっては全てが綺麗に解決する秘策、それを探し求めている。

「悪い言葉だが、彼を利用して何かできないか？　これは決して常道な策ではない。でもドクターの権威、いや権威ではない。彼のプロフェッショナルな忠告が何かを生んでくれるのではなかろうか？」ケニーは逡巡を振り切った。

痛みが和らいだ右手でズボンのポケットをまさぐり、携帯電話をとりだした。

「ドクター、告白します。今夜フグを食べた時私は一つの賭けをしました。自暴自棄といってもいいでしょう、あるいは自分が嫌いになったのでしょう。もう死んでもいいと思いました。でもやはり死を選択するのは怖いものです。そこで私はロシアンルーレットで自分の生命を賭けました」

突然の改まった言い方に戸惑ったドクター・ウイリアムはすい込まれるように丁寧な話し言葉で応答した。

「許して頂きたいのですが、私はあなたが言われる『死の選択』の意味が分かりません。説明していただけませんでしょうか？」

「ドクター、この写真を見てください。今夜調理したフグの肝臓です。包丁の刃先でほんの僅か切り取り、食べました。

まだ生きていたい気持ちもあったのです。ですからほんの僅かでした。これは当たるか当たらないかのロシアンルーレットです」

携帯電話に収められたその写真は黄みがかったピンク色

に輝くフグの肝臓そのものであった。救急医学専門医ジョッシュ・エドワード・ウイリアムMDには返す言葉がなかった。

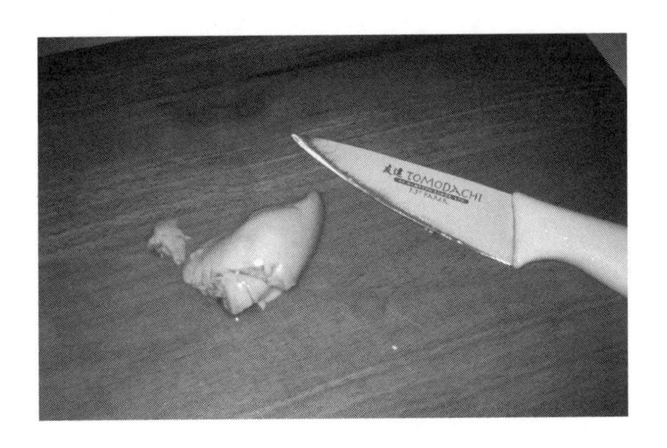

13章　港式飲茶

深夜を過ぎたFHPクリニックの待合室の電灯の照度は落とされ、人気もなく、エアコンの冷気がメイには辛く感じられた。ナース・レイチェルが「患者は抗生物質の点滴を受けます。２時間はかかりますから一度帰宅されても構いませんよ」と告げた時、メイは反射的に「ここで待ちます」と答えた。指の激痛・虚ろな目・そして脱力感に耐え診察室に消えていったケニーの後ろ姿を見送ったメイには「２時間の点滴治療」は衝撃であった。

「まさか……もうダメなのか」の思いを振り切り、彼女はiPhoneでインターネットに接続し、維基百科事典こと自由的百科全書で河豚毒素を検索した：河豚毒素是一種強力的神経毒素。出だしの文は強烈であった。

これに続く一文でメイは一切の望みをうしなった：現時此毒素是沒有直接有效的解毒剤。なんということだ、有効な解毒剤は存在しないのだ。「沒有・沒有……ナイ・ナイ・何もない・トントンメイヨウ」と彼女は繰り返した。「点滴治療で容態が改善されるとは思わないわ、彼はとうとう沒有になっちゃう」そう思うとケニーが料理してくれたミソスープが無性に恋しかった。「ヘルシーなスープと野菜の天ぷらで我慢しておけばいいものを一体何故わざわざ危険な魚に走ってしまったのだろう？」

続いて：毒素中毒卻是日本社会的公衆健康問題の一文が目に飛び込んだ。

「いったい何人のジャパニーズが河豚毒素で倒れていくのだろう？　彼もその一人になっちゃうのだろうか？」そう思うと震えが止まらなかった。

人気のない待合室の床にラバーシューズの音がかすかに軋んだ。

「ミズ・メイですね、私はドクター・ウイリアム。ミスター・カサオカの件でお話したいことがあります。私のオフィスに来ていただけないでしょうか？　温かいコーヒーを一緒に飲みましょう」不意を突かれたメイはその時が来たと直感した。

ドクター・ウイリアムがデスク越しに語り始めた。「まず最初にお伝えしましょう、ミスター・カサオカの容態は心配ありません。痛みも和らぐ兆候を見せており、明日からは回復がより顕著になるでしょう。念のためインドメタシンを処方しています。痛みが引けば服用する必要はありません。一つ申し上げましょう、彼は指の痛みの原因を突き止めました、恐ろしく冷静な方です」

メイは安堵のため息をつき、「ドクター、で一体何が原因だったのでしょうか？」と、質問した。

「彼は調理前にまだ生きているフグの尾を掴み、その時フグが防衛本能でテトロドトキシンを分泌したのです。経皮的にその毒が指に浸透しましたが、指でよかったと思います。血中への浸透でなくて幸いでした」

彼女はもう一度深く息を吐いた。ドクター・ウイリアムは笑顔を見せながら、「もう一つ申し上げなくてはならないことがあります。これにはあなたの協力が不可欠です」彼はそう言い切り、デスクのペンホルダーに差し込んであったペーパーナイフを取り上げた。「私の協力、それが不可欠とは？」

メイは固唾を飲んでペーパーナイフを見つめた。

「このナイフは私の説明の為です。他の意図はありません。ミスター・カサオカ、彼の心理は今非常にデリケートな平衡状態にあります。もしそれが崩れるならば彼はもう一度フグのリスクをあえて冒すでしょう。私はそれだけはやってもらいたくありません」

「ドクター、平衡状態にあるということはケニーは何か、その、不安定なメンタル状態にあるということなんでしょうか？」

「その通りです。いいですか、このナイフを見てください。それから、あなたにはいささかプライベートな事になりますが、どうしても話さなくてならない事があります。お許し願います」メイは頷き、同意した。ケニーの容態の安全が確認され、一息ついたばかりであったが、再び不安が忍びよってきた。「もうボートに乗ってしまったのだから仕方がない、でも彼の精神状態が不安定とは？　そんなことに私が関りをもっているのだろうか」彼女の不安の加速度が増した。

「ナイフのこちら側の刃には」ドクター・ウイリアムは続ける「陽気で気前よく 3000 ドルをあなたに貸す親切なミスター・カサオカがいます」

「どうして 3000 ドルが出てくるのだろうか？」メイは訝しがった。「まさか、ポッケに入れちゃったことが精神的不安定の原因なのだろうか？」彼女はドクター・ウイリアムの次の言葉を待つしかなかった。

「反対側の刃を見てください。ここにはそのことを悔やむ吝嗇なミスター・カサオカがいます。でもそれは決して異常な事ではありません。私とて高価な買い物、例えば BMW の新車を買ったとします、安い買い物ではありません。私はそれまで8万マイルを故障なしで乗ってきたトヨタ・カムリをきっと恋しがるでしょう。自分の手になじんだハンドルを持つあのカムリをどうして手放したんだろう、この買い物は浪費ではなかろうか？　と悔やむに違いないでしょう。BMWの固いサスペンションに戸惑いながらあのソフトな乗り心地のカムリへの郷愁を懐かしがるでしょう」

「ドクター、分かります。後悔するってことですね」

「そうです。私達の行動はいつもそれをくりかえしています。でも最大の味方は私達には時間があるということです。

時の経過のままに、やがて私はBMWが提供する加速感に酔いしれカムリを忘れるでしょう。ここで一つの問題があります。彼、ミスター・カサオカはその忘れるという自然な性向が極端に弱いことです。これを見てください」ドクター・ウイリアムはペーパーナイフの背を見せ、そこを人差し指でなぞった。

「いくら私が強く指を引いても傷つくことはありません。ここは刃と刃の境界、刃の背です。安全です。これが私達なのです」そう言い放ち彼は突然手首のスナップを聞かせナイフを反転させエッジに人差し指をあてた。その素早い動作、彼の額に一瞬浮かんだしわ、そして険しい目、これらを見てメイは息を止めた。

「一体何を言うのだろうか？」

「私達が繰り返す後悔、逡巡、悩み、苦吟、それは両刃の背の方なのです。背で傷つくことはありません。時が解決してくれます。でもミスター・カサオカの精神の葛藤は背ではなく、この刃先、エッジ、に乗せた指です。私が今この人差し指を引きましょう、たとえ刃の鈍いペーパーナイフであったとしても傷つきます、出血します」

メイは沈黙した。
「彼は気前よく3000ドルを貸した自分を称賛しながらも、それを後悔する自分の不甲斐なさを責めたて、ナイフのエッジに自分を立たしています。それは非常に不安定な精神状態であると断言できます」

メイの沈黙は続くがドクター・ウイリアムはそれを破ることを控えている。救急医学を専門する彼は卒後教育の中で臨床心理をも研究した。彼が問診を重要視する理由がここにある。臨床心理、いやもっと高度な心理療法の研究の為にオーストリアの高名な医師アルフレッド・アドラーの著作に没頭したこともあった。ドクター・ウイリアムはメイの協力なしには「フグ依存症」になりかけたケニーを立ち直らせる事は出来ないと確信している。
「ミズ・メイ、もう夜も更けました。彼の点滴も終わる頃でしょう。これ以上の話は止めましょう。彼を送ってあげてください。一つお願いがあります。どうか、ここでの会話は彼には言わないでください。彼は自分の精神の不安定を自覚していません。『毒に当たるか、否かのロシアンルーレット』に興じただけの冒険家だと思っています。私は断言しますが、これは繰り返される可能性があります。幸いなことに彼はフグの調理に成功しました。たった一つの不幸はその毒との経皮的接触でした。そして彼は指の痛みの原因を突き止めました。これはいいことでもあり、悪いことでもあります。彼は調理への自信を倍加させているでしょう、更なる自信を持って再び調理することでしょう。それ自体止めることはできません。でも、肝臓を食すという『ロシアンルーレット』はどんなことがあっても阻止しなくてはなりません。今日はここで止めましょう、明日の午後、そうですね３時頃は時間がありますか？　改めてあなたと話したいのですが、ご都合は？」

「私、お伺いします」彼女は答えた。それ以外の返事は浮かぶはずもなかった。「毒素中毒卻是日本社会的公衆健康問題」の事実、玄関先にせっかくプレゼントしたキッチン用品を投げ返す無謀さ、河豚肝式ロシアンルーレットを好む不安定な精神、メイは何としてでもケニーを死地から救いたかった。

話の時間を少し前に戻そう。痛みも和らぎ甦る生気の中、故郷ルイジアナの追憶を語る優秀な緊急外来部長の医師ドクター・ウイリアムの純な瞳を見ながら、ケニー・カサオカのインスピレーションに逆転技が閃いた。

「この際反則技を使おう！」

ジャングルの咆哮こと The Rumble in the Jungle のジョージとアリの闘いを振り返ってみよう。アラーへの祈りを捧げた後、リングの鳴る音とともに自分のコーナーを飛び出したのはアリであった。まるでローマ五輪ライトヘビー級の金メダルを取った時のキャシアスを彷彿させる積極性であった。その時ジョージはコーナーロープを両手で掴み、リング中央には背を向け、膝の屈伸を続けている。気配を察したのであろう、振り返ったジョージはアリと相対する。スピードに乗った綺麗なワンツーパンチを出したのはアリだ。彼はいきなりの右ストレートを交えながら終始攻勢をとるが、ジョージの屈強な肉体は構わずに両手を高く上げて前進を続ける。

状況が変わったのはこの第一ラウンド残り１分ほどになった時だ。コーナーを飛び出した時の自信あふれるアリの表情が曇りを見せ始める。それは恐怖であろう。とにかくジョージは屈強だ。アリはパンチを繰り出しながらもロープを背にする。彼はジョージの頭を自らの両のグラブで掴む、するとジョージのパンチが空振りし、あの屈強な身体がよろめきを見せた。アリは本能でもって、ジョージの下半身の平衡感覚がもろいこと、上から頭を抑え込むとそのパンチは単純な突き上げパンチになり、しかも威力が半減することをこの第１ラウンド後半で知った。そして第２ラウンド以降からはあのロープ・ア・ドープのショーが始まる。ジョージの後頭部を掴み、前かがみにさせ、パンチの威力を殺し、アリは上半身をスエーバックをさせる。アリの背のロープは後ろに揺れながらも反動をみせる。踏み込んでパンチを放つ距離を持たないアリはこのロープの反動を利用し右ストレートをジョージに放つ。それは戦闘機を空中に投げ飛ばす航空母艦のカタパルトそのものであった。

こうも言えよう、相手の後頭部を抑え込みバランスを崩すのは合気道の技であり、ロープの反動を利用しタックルを掛けるのプロレス技である。ルールの厳密性から言えばこうした技はアマチュアボクシングにおいて減点対象となることは間違いない。アリは反則を犯したのか？

イエスであろう、しかしこれまでボクサーがなしえなかったロープ・ア・ドープを世界に初めて見せたこと、この点から言えばノーだろう。

ケニー・カサオカにはリングの経験はない。がしかし、彼はこれまでの人生で就職の為の面接を100回は繰り返したであろう。理想の働き口を生涯求め続けた彼は面接官の目に潜む感情の動きを瞬時に見破る技を獲得している。

彼は FHP 緊急外来部の医師ドクター・ウイリアムの瞳に友好の情を見出したのであった。「もし、俺がフグの肝を食べたと言ったら、事態はどんな展開をみせるのか？　いや、肝を食べたといわずに『ロシアンルーレット』に賭けたと言った方が真実味があるだろう」彼は嘘という名の反則技をドクター・ウイリアムに仕掛けた。

FHP からオーシャンフロント・アパートメントまでは 10 分の近距離であった。「まだ指は痛むの？」とのメイの問いかけにケニーは頷き、「でも大分楽になったよ」と答え、「疲れたのかもしれない、眠たくなってきたよ」と続けた。メイは同意するだけであって、無言を貫いた。ドクター・ウイリアムと交わした会話の内容はマル秘事項として自分の胸にしまい込んでいる。一方、無言のメイの横に座りながらケニーは自分が仕掛けた『ロシアンルーレット』の嘘、いや政治的策略がドクターウイリアとムメイを確実に虜にしている、と確信した。

ベッドに入り、メイは明日のドクター・ウイリアムとのアポイントメントを考えた。もうケニーにロシアンルーレットをさせてはいけない。もしもう一度させたら彼はこの世から「没有」になる。このことは明白だった。その為には、これは彼女の弱みだが、ポッケに入れた 3000 ドルを明日綺麗に礼を言って返金することだ。「でもそれだけで、河豚毒素依存症になりかけた彼が救われるのだろうか？　お金を返すのはたやすい、だがそれだけじゃあだめな気がする。では何がいいのだうか？」自問を繰り返す中で彼女は眠りに陥った。彼女には長い一日だったし、もう日も改まっていた。

13章　港式飲茶

朝起き、いつものように菜園と花壇に水をやり、シャワー浴びてスッキリしたメイはミネラルウォーターを飲みながら、食卓の脇に置かれた「星島日報」に目をやった。それは香港ベースの華僑向け新聞で、1週間ほど前ここに泊ったホーチミン市からの古い友人が置いていったものだった。パラパラとページをめくり「今夜食譜」の欄を拾い読みした。丁寧な料理案内である、鴨・鶏・牛・羊・猪・海鮮・素（ベジタリアン）・デザートと素材ごと、好みごとに今夜のメニューが紹介されている。

「そうね、しばらく美味しい料理を食べていないわ、それにシャン・ガン（香港）にはもう一年以上いってないし……」そう呟きながら今度は受賞を受けた餐廳（サンティン）（レストラン）の紹介記事が目に入った。そこには白いテーブル・クロスを掛けた20卓、30卓あるレストランの広間の写真が添付されている。「あのざわめき、箸とスプーンと食器のぶつかる音、絶え間ない広東語、一体あの人達は食べに行っているのだろうか、それとも話しに行っているのだろうか？　ケニーならきっとこう尋ねるでしょう、『……ちょっと音がうるさいねえ、俺、音に神経質だから家に帰っていいかな？』って」

そう思いながらメイはPICで開かれた新年会を思い出した。「夜風にあたってくるなんて言い残してそのままテクテクと家まで帰るなんて、彼の予測不可能な行動の兆候は以前からあったのだわ。それに今回河豚毒素依存症が加わってもそれほど驚くことではないかもしれない」

メイはドクター・ウイリアムの昨夜の言葉を思い出した。「私達の最大の味方は時間です」彼はそう言った。全くその通りだ、朝起き、昇り始めた太陽の下で菜園と花壇に散水し、シャワーを浴びる、その一連の時間の経過の中で彼女は自分を取り戻していた。彼女の頭脳は策を探している。

「河豚毒素を彼の頭から消し去る事、もしいい手立てがあるとすればこの方法しかないのでは？　白いテーブル・クロスの一流どころの餐廳は音が耳障りで彼の神経質な耳には不向き、それに値段もはるし。二人だけの食事の席にはあっていない。もっと静かで、入りやすくて、各種点心メニューも豊富で、あらかじめ頼んでおけば特別メニューも調理してくれる場所……そうだ茶餐廳に行こう！」メイの閃きを日本風に言うならば「そうだ、京都行こう！」であった。

彼女はパソコンに向かいエクスペディア・ドットコムに接続した。「フィリッピン航空（PAL)、グアム発・マニラ乗り換え・香港行き420ドル、結構安くいけるものね、PALを使うと」朝の一働きで空腹を感じた彼女は「さあ、ご馳走してもらおう」とケニーのアパートに向かった。

・・・・

「私にもコーヒー、それと黒豚あらびきソーセージと目玉焼きも」と言われたケニーであったが上機嫌でお宝の黒豚あらびきをゆでにかかった。それも彼女に２本、自分にも２本の出血大サービスである。

彼が上機嫌で黒豚の大盤振る舞いに出たのも理由あっての事だ。

完全な熟睡で遅い朝を迎えた彼はベッドの上で昨夜痛んだ右手の指を一本づつ逆方向、順方向にゆっくりと曲げた。

まだかすかな痛みは残っているもののそれは違和感に近かった。そう、痛みはit’s goneであった。悪夢が去った彼はビーチ際に出かけ、ハガーニャ湾の潮風を肺に一杯吸い込んだ。サンゴ礁に囲まれたまるで潟湖のような静かな湾の砂浜を見るとその砂は10数メートル先の波うち際まで乾いていた。「そう、今は満ち潮なんだ。あと３時間ほどで満潮だな」

ケニーは子供の頃から引き潮が好きでなかった。引き潮が進むと徐々に干潟が姿を見せる。岩と岩がプールを形作りその中は小さな海洋生物が獲物を求めて動き回る天然の水族館となる。岩肌には小粒な牡蠣が張り付きそれを小石で叩き割り、塩水で洗って口にほり込めば海のミルクの味だ。３本刃の熊手で潟を掘れば貝が、砂地を掘れば明日の釣り餌となる砂ムシが、海藻が揺らぐ浅瀬の小岩を動かせば蟹が、時として蛸が。干潟は海人への古代から続く永遠の贈り物である。でもケニーは好きではなかった。

「あまり好きじゃないね、引き潮は。何かが向こうに逃げていく気がしてならない。そしてやがて現れる干潟。勿論そこでは海洋生物があらゆる相を見せてくれる、興味深い。でもそれって停滞じゃないかな？　やっぱり潮には動きがないと、しかも向こうに去っていくんじゃあなくて、こっちに寄せる潮が好きだなあ。そう、満ち潮が俺は好きなんだ、だって何かがやって来る気がするからさ」たかだか潮の一つにでも感情移入するのがケニーの情緒豊かなとこであり、またそこがドクター・ウイリアムが指摘する如く、精神の不安定に陥りやすいこだわり癖がなす所以でもあった。ビーチバレーに興じる無邪気な若者に「引き潮と満ち潮のどっちが好き？」と聞いてみるがいい。彼らは口をポカンと開けるだけだろう。今は満ち潮、遅い朝の強い日差し、鼻孔を潤す潮風、痛みの消えた指、ケニーは今日一日の始まりを新鮮に感じた。

「何かいいことがあるかもね」潮風に背を向け、アパートに歩きかけたケニーの視野に見慣れたシルバーのインフィニティが入ってきて彼のユニットの前で停車した。
部屋に入るなりメイは切り出した。「おはよう、ケニー。朝ごはんご馳走してもらえる。今日は借りていたお金を支払いに来たの」この一言でケニーの満ち潮は高い波頭となりビーチの砂を深くえぐった。「いいよすぐ作ろう、朝の散歩で食欲が湧いたとこなんだ、それに昨夜は治療の後何も食べなかったから」

二人は何事もなかったかのように時間をかけて朝食をとり、更にコーヒーをもう一杯づつ飲んだ。ケニーはここ数日間のモヤモヤを忘れ、メイはカラオケ遊びの後ろめたさを忘れ、昔彼らがニホンゴと中国語を教えあった頃を思い出しながらの友好的な朝食であった。
「さあ、私が前に書いた小切手を破いて頂戴、引き換えに額面 3000 ドルの小切手を一枚渡すわ」
「OK、そうしよう」
二人のディールは綺麗に決着がついた。
「やっぱり友人の間柄でお金のやり取りはしない方がいいね」とケニーが言えば、「賛成ね、借りた方もおかしくなっちゃうわ」とメイが答える。
「つまり、ある程度は何かに使った方がいいのかもしれない。抱いて墓場に持っていける物じゃあないから」とケニーは呟く。
「それにも賛成、何に使いたい、あなたは？」とメイが尋ねる。

彼女は話題の落ち着く先が自分の意図するところに向かっているとの直感を持ったが、「焦ってはいけない、ここは待つこと」と自戒した。
「そうね、何かに使うよりも気分を変えたいところかもしれないなあ、昨夜は思わぬ痛みに襲われたし」
「フグの事ね、ところで美味しかった？」
「どんな食材でもそれぞれの魅力はあるよ。もっとも引き立て役と主役になる食材の格の違いはあるけど。フグの味がこの世で最高とは決して思わない。淡白で歯触りのいい上品な肉質であることは間違いないけど、やっぱり毒に当たったらどうしよう？　なんてスリルもその味の引き立て役かな？」

メイの独白
まずい！彼はまだ河豚毒素にこだわっている。依存症は続いているんだ。無理もない、なにしろそういう性格なんだから。なんとか視点を変えなくては！
・・・

「食べたことないから分からないけど、魚の肉が白身ならばきっと上品な味なんでしょうね。シーバスの清蒸（チンジャン）料理ってとこかしら？」
「シーバスの５倍は美味しいと思うよ」メイの方が逆に河豚毒素に惹かれそうになった。
「じゃあその、河豚を清蒸（チンジャン）でもって料理したらどうなる？」
「それはやったことないけど、いいアイデアかもしれない」
「あなた知ってる？　清蒸って料理方法は万能なのよ。肉を蒸すと、いや肉だけじゃあなくて、昨夜の残りの鶏のから揚げを蒸すと肉質が潤いを持ち、脂が落ちて全く別の一品になるわ。中国料理っていうと油を使う場合が多いけど、実際は蒸すってテクニックの方が多いかのしれないわ」

「知ってる知ってる、小さな蒸籠を何段か重ねて蒸す料理を見たことがある、テレビだけど。あれは食欲が湧いてくるねえ。俺が知っているのは焼売だけだけど」

「それそれ、鶏の足、豚の耳、牛の胃、勿論餃子・焼売・小籠包……そして糯米のちまき、赤飯の竹の皮ちまき、もうそのレシピ—の広さと言ったら!」

小籠包、この摩訶不思議な料理。箸で皮をつつくとこぼれる肉汁。ケニーは一度だけ NY のチャイナタウンで食べたことがあり、その味に魅惑された。彼は今その味を追憶している。きっと彼の脳裏にはチャイナタウンの雑踏、あまり高級とは言えない小さな飯店のテーブルが巡っていることだろう。

メイの独白

どうやら彼の想像病が始まったらしい。全く情緒が豊かで、こだわりがあって、一つのことから抜け出せない性格なんだから。もうここらで切り出そう。

・・・

メイはしばしの時間をケニーに与え、彼が小籠包の味の世界を夢遊することを許した。彼の眉の間隔がほんの気持ち分広がった。河豚毒素へのこだわりが蒸籠から立ち昇る湯気に取って代わられた兆候に違いなかった。この機を逃すメイではなかった。

「二人でシャンガンにいきましょう、飲茶三昧はどうかしら?」と切り出した。ケニーの眉の間隔が更に広がり、口元がわずかに開き、ブラウンの瞳が一回、二回、まるで焦点を探すように回った。彼が歓喜した印だ。

「香港で飲茶を？……行こう・行きたい・行かなくちゃあ！」と叫び、彼は椅子から跳ねるように立ち上がりメイの背後に回った。彼の両手が思い切り伸び、そして彼女の肩と両腕を強く包み込んだ。自分の左頬を彼女の右頬に当て、「ホントに行くの？　うれしい」とため息をつきながらその頬を更に強く当て、変則右四つ後ろ固めの組手で喜びを表現した。彼の腕に身をまかすメイの首筋が噛まれた。甘噛みである。ケニー・カサオカなる男の感情表現はシンプルにできている。待ちに待った外出に喜び、飼い主の手を噛む子犬そのものであった。メイは心地よい痛さを感じていたが、彼の歯が首筋を辿り肩に降りる頃にはその甘噛みが強くなった。歯形がついているであろう傷跡とも言えない傷跡にはケニーの舌先が当てられ、微妙な振動でそこが癒されていく。やがて彼の甘噛みが肩を下り、腕の付け根に辿り着くと彼は首筋に戻って再び甘噛みを始める。抵抗する必要など彼女にはなかった。なされるがままに身をまかせ、痛さと癒しの繰り返しを思い切り甘受している。窓に視線を移すとカーテンの隙間から遅い朝の日差しが目に突き刺さった。

「きっと海の方からの風が椰子の葉を揺らしているのだわ、私も今は椰子の葉みたい」そんな幻想に陥ると、三度目の甘噛みがまた首筋から始まった。そして彼女の肉体に異変が起きた。熟女乙女の中枢神経が淫らに刺激され、その中枢の先端に潤いが生じた。「なんだろう、違うわ。違う。絶対違う、あのレモングラスの夜とは違うわ、あの時は風のいたずらだった」ケニーの甘噛みがまたもや肩に降りた時、彼女は自覚した：「私は狂おしい気持ちになっている」

メイは椅子に座ったまま体を右方向に強く反転させ、ケニーの歯を自分の肩から外し、立ち上がった。「お返しね」と囁き、彼の唇を自分のそれを当てた。両手を彼の首にまわし、唇を通して相手の体温が伝わって来るのを待った。

３秒待ったのだろうか、５秒かかったのだろうか、彼の体温を唇に感じた時、メイは非情な攻撃を開始した。自らの舌先に繊細な強弱を与え、彼の舌先をなぞり、突き刺し、左右に揺らし、上にそらし、下に押し込み、翻弄の限りを尽くした。ケニーはうめき声をあげることもなく、ただ吐く息だけが濃厚になっていった。彼は今自分の肉体の中に潜むいまだ健全な淫乱末梢神経が快楽甘受に向かっているのを感じた。

「俺の思考は途絶えた、あとは彼女の欲望に屈服しよう」

・・・・

ハガーニャ湾の満ち潮の波頭は渡る風に揺らぎ、強い朝の陽光はその舞台の上で踊り続ける。やがて風は椰子の葉をサヤサヤと揺らし、二人の部屋の窓をノックし、「お二人さん、好きなだけ淫らな児戯にふけるのだよ、今のひと時がいつまでも続くとは限らないからね」と挑発する。

14章　残り香

グアム国際空港の滑走路に吹く今朝の風はあの「ハガーニャの風」の西南西の風。定刻通り午前7時30分、フィリピン航空 111 便は機首をその風上に向けフィリピン海に飛び出した。眼下の島影を後にしながらわずかに右旋回させ進路を西方にとった。狭いエアバス A321 の機内は8割方席が埋まっている。流暢な英語、でも何かしらサービス・マニュアルそのままのフォーマルな言い回しと、それに続くタガログ語のアナウンスがこの機が間違いなくマニラに向かっていることを思い出させてくれる。グアム、ここは狭い島だ。どうしても一年に一度は出たくなる、そして二人の今朝の旅立ちは特別だ。ケニーにとっては蒸籠から立ち昇る湯気を求めてのグルメ探索幸せ旅だとしても、メイにはそんなケニーの河豚毒素への思いを断ち切らせるべき重い使命が科せられていた。

朝のミーティングを終えたドクター・ウイリアムは自分のオフィスでコーヒーをすすりながら腕時計を見た。午前9時。「あと少しの時間だな、彼らがマニラに着くのは」ウイリアムは面談時にメイから港式飲茶の計画を打ち明けられた時、即座に賛成した。実のところケニー・カサオカの潜在意識をフグからそらせる治療に彼は頭を痛めていた。彼をとりこにさせる何か他の料理が治療に役立つとはかすかに思い描いていたが、「では何 を？」の答えは見つ からなかった。彼はこだわり傾向が非常に強い。更にフグ料理に絶対の自信を持っ ている。過信気味の彼に中国の伝統的な料理のシャワーを浴びせ、堪能させ、その自信を少しでも揺るがすことが出来るならば、彼はもう過去の自分に帰ることはない。更にウイリアムはもう一つの確信もあった。ケニーとメイの二人の間に存在した葛藤・軋轢・すれ違いはこの旅で綺麗に霧散していくに違いないと。

「もう二度とフグ・レバーのルーレットを遊ぶことはないだろう。まずはお二人の港式飲茶の旅に乾杯しよう、チアーズ!」と彼はコーヒーカップを持ち上げた。

マダムドラゴン・エンタープライズのオフィスではマダムとミツコ陳がお茶を囲み会話を続けている。

「ミツコ、結局あなたの策は大成功ね、全てが丸く収まったじゃあない。彼は河豚毒素から助かり、その思いを断ち切る飲茶探索の旅に向かっているし」

「アンティー、彼の指に痛みが走った時は私もパニックになったけど、まあ結果よしね、いや完璧な仕上がりかな?以毒制毒じゃあなくて以食制毒ってところかしら」才女には珍しく、受けない冗談でもって叔母を笑わせた。

「一つ質問させて。あなた、このフグ作戦を『ジョン・スタインベック風のカリフォルニア的奇手よ』って言ったわよね。あれってどういうことだったの?」

「よく覚えているわね、アンティー。スタインベックの名作 Cannery Row はご存知でしょう。私も中華学園時代に読んだわ。主人公はウエスタン・バイオロジー研究所の海洋生物学者、皆からドクって呼ばれている人ね」

「そうそう、それと Mack and Boys っていう一党が出てくるわ」

「缶詰工場のある通りを舞台にした、いや、その通りはコミューンって言った方がいいでしょう。ドクの回りにはMack and Boys、娼婦の館の女主人Doraと娼婦達、チャイナマンのLee等々が集まり、まるで同志的な結合がそこにあったわ。だから、ドク一人というよりそこに集まる群像全体が主人公と言っていいのかもしれないわね」

「あなた、サンフランシスコに行くといつもモンテレー半島にドライブしてたわね、たしか」

「そう、小説の舞台となったあの一角、あの小路、Cannery Rowが好きだったの。あのRowを歩くと、Leeの店はこの辺りで、ウエスタン・バイオロジー研究所はだからこの辺で、とかね」

「あら、結構あなたもケニー並みの空想派ね」

「そうかもしれないわ、でも物語の舞台となった場所を訪ねて、あそこにあの店があって、その横に娼婦の館があって、なんて空想にふけるのは夢があっていいと思わない、アンティー?」ミツコ陳は少し目を細め、モンテレーの小路を追った。彼女にもすこし発達障害があるのだろうか?

「ミツコ、スタインベックはともかくとして、あなたの立案の河豚毒素作戦がどうして生まれたの?　そこが聞きたいわ」珍しくマダムドラゴンが会話のイニシアティブをとった。

「そう、それね。私はこの話をあなたから聞いた時、そしてあなたのアパートのオーシャンフロントの住民を想った時、これってCannery Rowの世界かな?って想像したわ。だってそこの住民はみんな、無邪気で、いい加減で、浮世離れの感があるじゃあない。ケニー・カサオカなんてその典型かな?

だから男と女のほぐれた糸を戻すのはあれしかない、って考えたの」
「でも、Cannery Row にはイワシの缶詰はあっても河豚毒素はないじゃあないの」マダムが混ぜっ返した。
「待ってアンティー、急がないで。Cannery Row には続編があるの。Sweet Thursday よ。Cannery Row が第二次大戦の前の話で、この Sweet Thursday はその戦後の話。ドクは戦争から帰ったけど、Row の世界の全ては変わっていたの。研究所は荒れ、乱獲でイワシはいなくなり、缶詰工場は閉鎖し、Dora が亡くなった後、娼婦の館の女主人は彼女の姉に代替わりし、チャイナマンの Lee は店を売り何処か南の島にいったわ」
「つまり、かつての賑やかさが消え、戦争の、いやイワシの傷跡が残ったのね」
「およそ、そんなところ。でも Mack and Boys 達はそのままよ。ドクは彼の荒れ果てた研究所を立て直そう始めるのだけれど、そこに Suzy という女性がサンフランシスコから流れてくるの。娼婦の館に職を求めて行き着くのだけれど彼女は娼婦にはなれない何かの気質があったのね。それを見破った女主人 Fauna は彼女とドクのロマンスを画策するの。二人がレストランでデートする場面は最高に面白いわ、Row の皆が二人の成り行きを注目しているのだけれど彼らはその素振りも見せないの。時代は変わってしまったけれど、Row の同志的なコミューンの世界は変わっていなかった」
「なんとなく感じるのだけれど、あなたはあのケニー＆メイをドク&Suzy に引っ掛けているのじゃあない？　で二人はどうなるの？」
「二人は喧嘩別れ、手短に言えば」
「なるほど、私の嗅覚はかなり正確ね」

「結論を急ぐわ、アンティー。Mack and Boys の中に Hazel って一番若い男の子がいるわ。彼はドクを心から尊敬しているの。Hazel は苦渋の決断の後、夜に研究所に忍び込みドクの腕をバットで骨折させることに成功するの」
「そして Suzy が駆け付ける訳ね。分かった、ミツコ、あなたの奇策はそのストーリーからの拝借ね」
「そうです、でもまさかケニーの腕をへし折るわけにはいかないし。そこで彼がジャパニーズである事実から河豚毒素のギャンブルを思いついたのよ。バットで腕を折るなんてあまりにもアメリカンでしょう、ここはもっとソフィストケートされた河豚毒素の出番だと思ったの」
「あなたの策は成功したわ。でもこれは危なかったわ。もし彼が河豚のさばきに失敗していたらどうなったかしら？　もう二度とこんな奇策は思いつかないで」
「アンティー、二度としないわ、約束します。それにしてもあまりにも危険な奇策だった。もし彼が死んでたら・・・・」
ミツコは深くため息つき、策の成功を安堵するより、自分の奇策をスタインベックから借用した罪悪感を恥じた。でも結果は良かった、それが彼女の慰めだった。彼女は明るさをわざと演じながら、叔母に声をかけた。
「今度トーキョーに立ち寄った時、フグ料理をご馳走するわ。新宿にいいお店があるの、如何？」
「No Thanks って言いたいとこだけど、食べてみようかしら。でもあなたが先に食べてね」

早朝の出発だった、朝食サービスを受けた後二人は眠気に襲われた。機はマニラに向けて安定した巡行を続けている。メイは半分夢、半分虚ろな中で九龍半島ネイザンロードの人込みと輝くネオンを追っている。彼女が目指す店はネイザンから別れて東に向かう金巴里道（キンバリーロード）にある。
「地下鉄の駅はどこが便利だったかしら？ しばらく香港に行ってないので忘れてしまった。今夜着いたら早速姪に聞いてみよう」
彼女が立案した港式飲茶の旅は思わぬ副産物を伴った。計画に感激したケニーがホテル代、但し二つ星の中堅どころ、を持ってくれることになったのだった。「かえってこのクラスのホテルが落ち着くわ、朝食さえ取れればいいもの」事実朝食付きであった。
香港で食べるところに困ることはない、絶対にない。彼女は金巴里道の奥にある茶餐廳を思い浮かべた。高級ではない、しかし何でもある。洋食・広東菜・麺・点心・茶と珈琲各種・デザート、まるで食のデパートである。おまけにチップは不要。ただし彼女が目指す店には裏技が一つあった。メイはそのことをケニーには伝えていない。
「何て言うかな、彼？『この白身魚のスープは旨いねえ!』とか、『からっと揚がったポーク？ でもポークにしてはあっさりしてるねえ』とか言うでしょうね、それが楽しみ……フッフッフ」
その茶餐廳の裏技、それは店の裏手には蛇肉解体専門の卸業者「蛇味道（シャーウエイダオ）」が店を構えている事だった。茶餐廳はここから生きのいい食材を仕入れ、店の厨房で料理する。但しこれは予約制だ。白身魚のスープの真実は蛇肉のすり身団子の蛇丸湯であり、唐揚げのポークのそれはフライド・スネークだ。「広東是世界上最大的蛇肉消費地域ってことをケニーは知らないでしょう、楽しみね。食べる前に教えてあげようか？ それとも食べてる最中に？ あるいは食べ終わってお茶を飲んでる時に？　これは蛇肉よって！」メイは興奮を抑えられなかった。

同床異夢、いやこの場合は同機異夢といった方がいいだろう。まもなく機がマニラ・アキノ空港に向けて下降を始めるとのアナウンスでケニーの眠気は少し覚めた。がまだ夢の中を浮遊している。「俺は馬鹿なことをしたもんだ。贈られた台所用品を突き返すなんて。それにだ、善良なドクターをロシアンルーレットのでまかせをいってだますなんて。でもそれも全て終わったこと。3000ドルは返ってきたし、おまけに港式飲茶の旅のボーナスがついた。とにかく俺は失敗はするけれど、いつも何処かで幸運に出会う、そんな星の下に生まれてきたのだろう。

とにかく、彼女の好意はありがたいことだ。何かお返しをしなくては」彼は珍しくも感謝の念に浸っている。自己中心の塊を更にコンクリートで固めたケニーが他人に返礼を考えるなんてことは彼の60有余年の人生において一度たりともあったためしは無かった。でも彼は今その思いに襲われている。「何かお返しをしなくては人道に外れる。何がいい？」食には食で返礼すべき、と彼は考えた。

「彼女、一度沖縄に行きたいって言っていたな。あそこの料理も結構個性派だ。香港旅行を贈られたのだから、お返しは沖縄旅行で応えるべきだろう。でもそれは出費になる。退職者個人年金口座は順調に増殖してはいるもののまだその額は小さい。ここから一部を供出するのは今は避けよう」

返礼は思いつきとしてロマンである、でもその実行となると金銭的現実が立ちはだかる。どうしようか、この狭間で揺れるのもまたケニーの快楽である。「お返し？　出費？　できる事ならケチでいきたいところだが、名案はないか？」

機内にチャイムが響き、シートベルト着用のアナウンスが聞こえた。彼の浮遊は終わり、インスピレーションが閃いた。

「よし、あの男を使おう。このアイディアはいけるぞ!」その男とはケニーと同じオーシャンフロント・アパートメントの住人でヘリコプターメカニックの軍属テクニシアンの男だった。

「俺近々オキナワに出張だ。アンダーセン基地に配属されるベル・ボーイングV22オスプレイのメカ・トレーニングの講習を受けるんだ。お土産に欲しいものがあったら言ってくれ」一緒にゴルフした時、彼はケニーにそう言っていた。彼ら軍属、現役、退役者は基地間のカーゴ便を利用する。アンダーセン空軍基地には乗客用の受付カウンターがあり、そこでチェックインすればカデナまで運んでくれる。いや、イワクニだって行ける。Military Space Available、通称“A” Space と呼ばれている。How Much? Free. つまりタダ。但し定期便ではない。が、タダだ。

「決めた、沖縄名産のハブ酒を買ってきてもらおう。陶器のボトルではなくて透けて見える瓶だ。ハブが酔っ払って10年も寝ている年代物を頼もう。彼女は知っているかな？ 在沖縄自古以來就有飲用波布蛇酒的習慣って事を。

その波布蛇酒を鉄観音茶で割ってご馳走しよう。飲む前に瓶をみせようか？　それとも飲んでる最中に？　あるいは飲み終わった後から？　これ蛇のお酒だよって!……ヒッヒヒヒ」

ケニーは興奮を抑えきれなかった。機は降下体制に移り客室の気圧がわずかに上昇し彼の耳が一瞬聴力を失った。

****

ケニー・カサオカ:笠岡健治、メイ:張梅花（ジャン・メイホア)、悪意と思いやりに富んだこの二人の熟年コンビの行く手に平穏な日々が待っているとは想像できない。彼らの心はいつもハガーニャの風に煽られる。その風は時に荒れた風と化すことだろう。それでも彼らは児戯にふけっている。それは純でもあり、計算された技でもあり、銭の絡んだ慾かもしれない。でもこのことは言えよう、二人は残された人生の最終章を無邪気なまでのいたずら心で生きている、と。彼ら二人の香港グルメ旅が食べ過ぎで没有銭（メイヨウチェン）にならないことを願おう。

■著者　ハル・ニケイドロフ
1947年生まれ。プロセス・コントロール・エンジニア、ソ連邦歴史研究徒。
グアム島デデド村在住
訳書『ナディエジュダ・A・ヨッフェ回顧録』『レニングラード日記』（いずれも小社）

小説ハガーニャの風

2024年12月15日　初版1刷発行　定価1,800円＋税

著　　者　ハル・ニケイドロフ
発　　行　柘植（つげ）書房新社
〒113-0001　東京都文京区白山1-2-10-102
TEL03（3818）9270　FAX03（3818）9274
郵便振替00160-4-113372
https；//tsugeshobo.com
印刷・製本　中央精版印刷株式会社

乱丁・落丁はお取り替えいたします。　ISBN978-4-8068-0770-4 C0093